中国少数民族文学发展工程
出版扶持专项丛书

等风来

（满族）海默／著

作家出版社

海默　原名王丽，满族，辽宁盘锦人。专事诗歌、散文创作。喜欢旅行，热爱一切自由、简单的事物。

有诗歌、散文作品散见《诗刊》《星星》《安徽文学》《山东文学》《鸭绿江》《海燕》《诗选刊》等多种报刊。入选一些年度选本，偶获征文奖。

作者近照

目录

第五辑　比忧伤更辽阔的爱

第一辑

世界赞美诗

世界赞美诗

爱恋、冷静、虚幻——明亮的言辞
是另一种暗语
一盆矮牵牛花和窗外大片的雪花
对峙。并以玫瑰的方式
生长、布局

逆着季节的一次盛开，暗含了
那么多复杂的情绪——
白色表达存在
紫色抽身断情
粉嫩的柔情悄然打开，一腔的波澜壮阔

开满爱恨情仇的一盆矮牵牛
避开欲念、苦寒以及刀锋
只需向扑面而来的阳光致敬
向窗玻璃上自己的影子开出
双倍的幸福

不知道，时间的旋涡里

牵牛花能撑多久，但每一朵
都是我从秋天搬运来的
火焰，我将每一次赞美当情书
烧给未来的自己

时间的过往

这负累的肉身，混乱的心跳，
这体内陷入悬疑的肝胆、病兆
以及顾此失彼的医治……

似乎是偶然中的必然，这还没来得及
衰老，就走到了尽处的英年啊
都在刚刚展出的“唐诗百幅图”里成为
时间的过往

剩下的部分，是一个与你不相关的人
用诗句涂抹的惊慌

被时间爱着的一切……
除了这均匀的呼吸，遗忘的身体
除了暗夜里乱了秩序的深渊
哪一样都不是我们向未来
能够打听到的真相……

就等一阵风

搁浅的驳船多像我陈旧的皮囊
遍体留着岁月的齿痕
所有的疼（悲欢），漫漶成天地间
巨大的孤独，无怨无悔地等待
饱满的大雨之后
一阵风吹来的远方

枯萎的河床
逶迤而去的瘦河以及
跟着大风奔跑的云朵
只是表达命运的一道
衬景

服从或者向往
都是它给我的一次重生

当我老了

其实，我并不知道
自己到哪个岁数算是老了
总之，当我望不见天上的星星
就看井里的，并试图把一口井
搬回家

我不想活太老，一百岁足够
过了一百，还咽不下这口气
我就与尘世的所有为敌
并心安理得地享受全世界的恩宠

我的敌人是老伴儿
我的恩宠是儿子

我老人家留下这首诗为证
到时候和众诗友比一比
谁还伶牙俐齿，谁的诗歌
还留着春风十亩

喊——

一个人坐在山顶
春风浩荡，心意空茫
环绕的山河
有劫后余生的淡定

突然想大声喊自己的名字
——海——默——
它在风里
撞向一座山峰
又被抛向另一座
不知道最后被谁收留……

蓦然地，不敢再喊
怕一喊出
我就不认识自己了

像一个人一样被找回

“谁像狗一样地迷失
谁就会像一个人一样被找回”

一只无形的上帝之手
精准地在每一次困意袭来
以周身随处一个部位的
惊悸，摇醒我
溺在夜的水里，像人一样地挣扎
困顿、惶惑

身体自然保护区里的
恶作剧，迅速让我沉浸
这人间刑罚——此刻
醒着，是一种罪孽

此刻，与什么相遇
什么就是深渊、侵扰甚至怨怼
是人到中年残破不堪的房舍
简单的框架，还能收留多少风雨和荣辱

并虚构一座废墟

此刻，这危机四伏的肉身
不是我的，灵魂也不是

唯有隐忍能度我，在一座废墟上
被时光找回的人，学着
宽恕、妥协，像一枚无花果
萎遁着贮存起甜

雨　夜

雨声潺潺，挂满雨滴的万家灯火
淹没我于宽阔的雨夜，我也是一滴雨里的
灯火，晶亮、隐秘。这湿润的黑
就是我可爱的祖国，我隐身其中

流水轻轻，这清凉的破碎里
我与众生，隔开了一场雨的距离

只有二胡的琴声呜咽，散发着孤独的香气
远道而来的一场雨，陷我于走失之中
在每一滴迎面而来的雨滴中，寻找
我的消息，不由自主
深陷这人间烟火，这唯一的
包容和依靠，来自一条鱼
对一条河的追随

晨　读

一大早，读《走，去活埋》
一个和自己较劲的人，扔掉眼泪、春风
扔掉身体里的每个人，或者自己
在风雪里，一物不余地走
人生一世，不在路上
（所有的苦行都是一个人的事）
还能在哪呢

仿佛，我的眼睛是一道隔音壁
我在《河的第三条岸》迷失、眺望
我在困顿的身体里安宁地泅渡
合起书，闭上眼睛
突然地，是突然地
沸腾的生活自窗口奔腾而来——
车轮滚过大地的声音、草坪上割草机的轰鸣、
　叫卖声
呼喊声、鞭炮声……
我又一次被河流湮没

失 眠

夜里十一点，吵闹声
从四面八方袭来，听不清在说什么
有男生、女生、凳子摩擦地板声
有碰撞声，总共十七层的楼
都是人间
不知道这些声音是从哪一家爆发出来的
客厅、卧室、厨房，随处都是

人间在夜的深处，热闹非凡
拿起耳机塞到耳朵里，懒人听书
听的是圣经，上帝说要有光
上帝还说世界唯有爱

凌晨三点
我将晕沉的自己摁在失眠的门口
不停地找寻。我是梦丢给尘世的
孩子，想努力回到独自的屋檐

呼噜声自夜的深处，穿透墙壁袭来
声音不大，却此起彼伏

在心底里轰鸣。我再次起来
从一个房间到另一个房间
我小心翼翼，就这么悬浮在
夜的深处，像一个
流浪儿，嗅到了炊烟的味道
却不知那炊烟来自哪里

那时花开

已经等了多年
为我举起的灯盏，穿过暗藏的悲伤，接受
神赐予的福报

那时，太阳刚刚升起
火车开往春天
我带着一片云朵上路
你一路追赶啊，每一滴雨
都会催开一朵花

岁岁年年，流水宽阔，花开宽阔
开到三千尺白发挂满栀子花瓣，只有你
读得懂，那花开的芬芳
苦寒、无毒、持久……

谁是尘世能够呼风唤雨的那一个

闪电劈开黑暗，像抽刀断水
我起身站在窗前
在更黑的黑暗里
在雷鸣的低处，为远处的乡亲
为五谷、枯萎的河床、饥渴的大地、众生
祈祷。一个人突兀地站在寂静里
俯瞰瞬息的万物——
像一个能够呼风唤雨的人

我说闪电，说雷声，说大雨和风

风把硕大的雨滴拍在窗玻璃上
一滴压向一滴，无数的河流
裹挟着荒原、森林、山谷扑面而来

独自一个人，在梦敞开的窗口
疑惑慢慢沁入不断跑来的风雨声
谁能？谁能驾驭着闪电雷鸣
在尘世呼风唤雨

从黑暗的深渊不停地迫近的
是虚妄和欲念，在慢慢地
被忏悔和谦卑湮灭

诸神皆往秋天而去

身体里的小疼痛，此起彼伏
懒得写字、读书、看人

悬浮，尘世尚远
由着小疾患打磨，颓废或者忍耐
捧出内心的草，一棵一棵裹挟着星光
喂养去年留在草原的马群

稍纵即逝的雾霭，柔软和坚硬的部分
甚至，共同的落日
甚至，陡峭的前世和安度的晚年
都被我一一抚摸

窗外的车水马龙
顺着风爬进十一楼的窗口
瞬间盖过内心的喧哗

“咣当”，把我撂在人间
对刺耳的喇叭声嗔怒：妈的，弄那么大声

“卖粉条的又来了”，“收旧冰箱旧彩电”
……
这些看不见的事物，碾过我
哗哗流逝，灼热的光芒里
露出一丝冷风

“全世界的人在我旁边生活”
而我只留一首崎岖的诗，诸神
皆往秋天而去

有多少不舍，就有多少祝福

时间放下一阵秋风，却捡起无数的旧水
用来怀念、低吟、断肠。而天涯
在哪里？人，将去往哪里？

当悲欢，被一场秋雨涂抹
风，成为一场浩劫。
被洗劫一空的大地
随处都是现场，时间的残骸里
我们共同的过往栩栩如生
而后呢？

礼 物

这么多的礼物
我用一生，也装不下啊

我想把今生所得
一件一件
搬运到
来生

来生
我就不那么贪婪了
恩情留着发芽
爱恨给火焰
悲欢给流水

我只带走
你，等轮回

感恩颂

我想给你唱首歌
唱过了还要唱

我在湍急的河流上唱，在高山、荒原、星月上唱
我一唱歌，青春的马群会奔腾而来
就有星子下凡，有翅膀飞升
有小小的火焰、有鱼群在天空里游
有金黄的稻浪翻滚，有炊烟袅袅
涕泪恣肆……

亲爱的世人啊，我的每一句唱词
都将失去意义，都不能安置
一个灵魂草木一般，百善丛集的渊薮

这么偶然的莅临，这一粒尘埃
这命定的一切——
顺着风向走，遇见什么
什么就是我的福报，我的歌
唱给谁听，谁就是我的
君王

倾国倾城

这样的午后，歌声穿过雨水和花朵
穿过我全部的幸福，引渡还是拦截
爱与哀愁佛光一样，蔓延。在我一寸一寸
生出的软语里，展露挂着泪水的笑容
这一刻，我的心思一览无余

把音乐关在内心，海风如锋利的刀
劈开一扇窗，高山流水蜂拥而至
我不能把来生的路
留给今生走。远处的海
我以眷恋的目光，丈量汹涌的风浪
希望它不要高过我内心的帆

以最简单的爱，修改蔚蓝。
停滞或者背离
都不可能。天空布满海鸟的影子
这片坦荡水域，“此刻醉花满天幸福在身边
身边两侧万水千山”，万水千山淹没在这儿
我的呼吸与梦淹没在这儿，这就够了

天 路

把一首歌听成泪水，握在手里
便是念珠，心灵禅定如山
听成天堂，我总误以为快要抵达
也听成车轮，碾向自己

大地越来越轻，越来越轻
这一刻，卸去所有的负累
十万顷海水托起一块圣地
存放雪山和另一个我

天越高远，我却越空
空出大片的心境，让灵魂
等一等
日渐发福，越走越慢的身体

我是属于你的，可能的话
把心掏出来，燃一盏酥油灯
引我去吧
趁拥塞的喉咙还能喊出水声

沿我的血管寻那朵绽开的
雪莲花，三千米高原永恒的忧伤

干净的火在舞蹈，我也在舞蹈
或者任岁月过滤掉所有的色彩
对于你。不占有。
只归还

你今夜出海

以一个突然的转身
守住一个春天，守住尘世的哀痛
从此，你不再与快乐背道而驰

穿戴整齐了吗？在去往码头的路上
白风车，扇动鱼群的信息

今夜出海吧
回归大海，寻一块好的风水
安静地躺下
等待这个完美的期许
来生，你还做一条鱼

第二辑

大地的清欢

午后的白桦林

学鸟儿在林间
随意穿行，鸣叫。并细心指认
树干上哪一只眼睛
藏着深情，哪一只暗含悲凉
哪一只能收留悲悯之心

倚在一棵倒伏的枝干上
放弃身世，把自己摆成一截枯枝
并顺着这棵枯木
抵达神的村落——
光阴的灰烬里，终于可以
放浪形骸，可以无冤无仇

这个午后，我和我们
坐在树影里
像两棵相爱的白桦
沉静又生机勃勃
收纳风、阳光、鸟语、霜寒
和说来就来的

一场阵雨

一只鹰，披着风雨盘旋
像天空涂抹不掉的错误

稻占

搬来古训、经验、牌坊和仪式
向天地学习，如何安置
一粒种子，如何见风使舵地
观民情、天意，占卜一粒稻谷的去处

稻占师——掌管着时间与生命的立场
天象，时令，劲风，物候……
正如从人的命运抽离福祸，预知一粒
稻谷的禀赋，让她
成为大地上的另一棵饱满的稻穗

向天空索要云雨，向阔野租赁鸟语
向新鲜的露水搜集经验，向耕耘获取
大地的芬芳……

那时候，古老的盐碱地上
荡漾着稻浪错落有致的心跳
那时候，全世界都是童谣、水车

是打谷场上的风、灶膛里
欢快的火焰和灰烬……
是未卜先知的又一年

蒲石河的一场风和几点细雨

追赶五个小时，先于一场风
和几点细雨
抵达蒲石河，漫山遍野的秋光
漫山遍野的红枫，都是我
放养的鸟雀
“我用沉默跟你说话，像一朵云或一株树”

再用四个半小时远离
匆忙、热烈的一次路过
像蒲石河的流水，暗结青苔
却没有一丝留恋
其实，我只是这片枫林的
一个小意外

她们有奇峰、峡谷、流水
和荡来荡去的秋风
而我，只有一颗心
红得孤绝，悬在秋风里
不说冷，也不喊疼

我也想喊一声

站在武夷山顶，烟雨中
一览众山小的旷达，反倒让内心
促狭起来，装不下
平日里郁积的杂念、隐忍

一声长调的呼喊，如猿啼
回旋在山峰之间
陌生人之间彼此的应答
古老、恣肆、舒展
带着曲折的滑音

我也想大声地喊
哪怕是无词无调的一声“啊”
可是，我已沉默太久
再怎么努力，也喊不出一个音
那一声“啊”，在体内回旋
直到走下山，也没有停

辽河岸边

木质的栈桥上，只有我和风
独来独往
天空用忧伤的蓝，覆盖了
鸥翅上的一滴涛声，云在水上漂
让我忽略，身后五百米之外车水马龙的
尘世

这绸缎般宽大的辽河呵
泊我如帆——
风，搅乱时间的荒芜，
暗生的欲念
自一条河涌向一片海，苦熬的过程
泛着青草的味道

小黑山

一步步走向你的时候，你就是整个世界
藏着意想不到的热切、滋养、宠爱

山林遮蔽的小路，挥汗如雨地爬
瞻前顾后地爬……像一只壁虎
逃出黑暗的巢穴……
最终，我追不上云朵飞奔的影子
也没有跟随半途而废的风
整个山林都是我盛大的孤独

一个人的路途
我是一枚卡在小黑山喉咙里的石子
吞不下去，吐不出来

月亮的山庄

月亮山庄，不能只有月亮
还要有诗人、酒和荡来荡去的风、鼾声
仿佛，人间不在
我们在月亮之上

在月亮之上，随便就弄丢自己
像一缕告别的夕阳，没入更深的梦里……

为了美好的事情，不被风刮走
我要向黑暗倾诉明亮的诗句，要留下火焰
空置的酒杯、眼泪和笑声
要把月光装满身体

比月亮还遥远的路，我要走得轻些
再轻些，只为不碰醒月亮山庄
此起彼伏的鼾声

雨后的村庄

多么好，我一抵达，天降大雨
多么好，闪电在山南，雷鸣在路上
我的故乡——
这饥渴的大地山川，吐出的流水潺潺
多么好啊

园子里的月季和豆角，一个抖动着水珠盛开
一个憋着劲地饱满，其他的
摇摇晃晃，跳着酒醉的探戈

母亲依旧腿脚敏捷，蹚着露水，越过花生地
摘辣椒、摘西红柿，黄瓜……
说再不下雨，村后唯一还有水的井也要干了

我站在门边，望着浩荡的乌云追着闪电
翻过西山口，此刻，哪里乌云压顶
哪里就是天堂

如果我走向你，你就是我的祖国

这是正午
一场急雨，洗净了御道口的
天空和大地，云朵褪去浮尘
贴着额头轻舞而过
这突如其来的洁净和柔软
让等待流水潺潺，这一刻
我不想远方，只想眼前闪闪发光的
流年

目之所及，汹涌而来的
苍茫旋涡，湮灭了曾经的
每一个日月
让我一厢情愿地以为，我不来
你怎肯如此阔绰地流溢大美？怎肯
费尽心思，准备了落在我头上的
那一滴雨？我却还是疑虑
我和你，究竟谁在陪伴谁？
就像现在，我腾空自己
却让眼前的风景越走越远！

如果还有出发

我们将一起经过所有初秋的隘口……

如果我走向你，你就是我的祖国

期 待

这个清晨，从一个山丘走向
另一个山丘，从云端走向云端
我是世人眼里的远方
是天人，我向茫茫草原大声地
呼唤，谁在大声地回应？

将三块石子，轻轻放在敖包上
顺着时光的方向，走多少圈
也走不出世相悲欢，双手合十
默默将一颗心归还自己，遥远的路
我需要细心认领神谕
需要带上所有的阳光、雨水
带上肉身和福报

打开合十的掌心，放逐缘上愿
我要去追赶天边的马群了
它们不能给我道路
却能给我奔腾的方向

晒时光

坐下来。在时光到来之前
和万物、诗人一起，坐下来
九个人，坐成一片草场，忽略秋风
拒绝虚空，这半世中
最后的生活，只需用自己的方式
活一刻——闲聊或者发呆
让身体沾染草香
在一朵白云上开荒，风干的牛粪里寻找
时光的影子

此刻，人间荒芜，大地热闹
将记忆，慢慢打包
寄送给未来的自己和遥远的你们

就这么坐着，我就是草原里
一棵绿意渐消的草。不追赶时光
忘记归途。与每一个经过我的精灵
低声交谈，与身边远道而来的风
惺惺相惜

这么宽阔的时光，我将打哪儿

开始爱你呢

而落日将临……

等落日的人

草原上的落日，我不等
她怎么来

乌云绑架了黄昏，夕阳的光影
成为殖民地。我和许多人
像一群贸然的入侵者，在茫茫草原
驱赶黑暗，侵占整个黄昏
在低处等那一颗走了许久的落日
将等待的人一个一个地放生

此刻，尘世遥远
我的心中无神灵、无佛祖
只等落日将我带到时间的背面
看清黑暗的真相

看星星的人

草原上，所有的黑，只为照亮
漫天的星星
所有的心思，只为你能看到阔天之上
野果一样饱满的星群
那么热闹，又那么清冷……

仰望星空的人，一定怀揣了
莲子之心
重新活成童话里的孩子，记忆的残骸
遗忘的，被重新说起，或者
让星光洗亮一颗善于成全的心
让我看到你的美
不是这一路的风景，而是
你盛大的孤独！

我只是在倾听
不善表达的人，其实最先说出了秘密——
那一刻，想你

就像想念隔壁彻夜难熄的虫鸣
听到触手可及的召唤，却不晓得
你在哪里

公主湖

这忧伤的湖，像一滴泪，
服从时光的荒凉，期待
自由的风，吹来一节好命

把心情和脚步交给这片湖光树影
原谅我，只在这一刻
借着时光的梯子
爬到高处——蓝齐格格
不管你是否真实地来过
故事里的故事
越过历史的烟尘，让眼前这一湖静水
轻而易举地生动起来。一场浮华
像天上散淡的云朵，说散就散了

就像此刻，我是湖畔的一棵草
再怎么躲藏，也逃不过秋风的掌心……
而当我离开，谁会知道
我来过
并用一上午的时光

剔除骨子里的坚硬
纵容自己露珠一样发光
让我成为想我念我的人
牵挂的远方……

奔 腾

每天清晨，自天边扑面而来
在必经的路途，总有不同的人群
像张望的鸟儿
车辙上等，草尖上等，山脊上等
甚至，把自己等成一段相思……

我只有一个清晨
送给袭来的马群。以朝觐之心
采撷彼此的火焰，当马群奔腾而过时
看见自己内心的滂沱

潮水般，它们在
奔向我
经过我
离开我
那么迅速，还没来得及看清
任何一匹马奔跑的意义
就闪电一样消逝在天际
空留越走越慢的我，成为茫茫草原
走失的影子

等着我

等着我，当人群散去
最后的梦境
归于干净的草原
我用诗歌与你相守

等着我，积攒太多的雨水
心只在你面前，肯沙雕一样
坍塌

等着我，轻轻转过身
依旧能看见你波涛汹涌的绿意
河流一样，流淌在我无眠的
日日夜夜，寥廓、清澈。

等着我，给荒芜以庇荫，给欢爱
以宁静，给盘膝而坐的你以圣泽
灵魂的鹰翅，还停留在
你每一寸天空
我不离开，你便不会老去

等着我，把这远方的远

归还给草原

岁月的端口，因为深深的依恋

无处荒凉

辽河绿水湾

绿水湾越陷越深的绿
让身心一点一点水润、青翠
万物和鸟鸣也是青翠的
树影婆娑的世界，我是阳光
投下来的一粒光斑
走到哪，哪就是大地最明媚的
中心

一树的合欢，一腔的芬芳
虚烦、郁结都随风，随庭前的一缕阳光
漫漶。亭台水榭、柳岸林阴
田园倚梦、针芒竹影
都成诗，成灵魂里细软的赞美
滚滚红尘在一声隐秘的惊叹里
归于一曲微凉的古韵

曲径通幽处，我埋下杏核、莲子、旧梦
甚至短剑长矛、爱恨情愁
祈望春风一度一度

它们的每一寸生长，从酸苦，从清雅，从锈迹
从纠结里，不断地为我的余生
加持

泽地听风

这时，红海滩正一点一点抽出
体内的火焰，芦苇只留风骨
顺大风奔跑
这时，丹顶鹤在远方亮翅
鱼群被浪花拖进深海

这时，一支折断的芦苇
将头探进水里，试图
打捞惊鸿倒影

这时，需要动用真气
丢弃人间的热闹，水的记忆
在风里发育
这时，辽河口只有风跟着时间
回旋——
寂静，惆怅

风行水上

行到这里，阔天绿水——
点点苍鹭惊起万顷目光，风行水上
云朵在水上，诗和远方也在水上

竹排如一只水鸟，羽毛押解细风
盘旋或前行，大辽河
每一条岔路都不是歧途，而是皈依

皈于大地的慈悲，滩涂上随处都是浪花的
足印，我也赤足、嬉戏
尽可能地，把身心交给沙泥，交给河水
交给脚下越陷越深的黑暗

深藏的迷宫，水与时间的奇迹

水洞——
深藏的迷宫，溶释着水与时间的奇迹
一方水土的涵养，除了丛林峻岭
暗流，飞泉，溶洞
岁月的无涯——

每一个瞬间
都在以巨大而缓慢的融朽内力
雕筑着千古不朽的奇观

亿万年如斯——
一条河自远古，自大地深处
静静地流淌，载两千八百米水路
至钟乳奇峰之间，至“九曲银河”
阔狭有度的时光隧道
“三峡”、“七宫”、“九弯”
物华天成的大美，人是最微不足道的
一粒尘埃。只这一声惊叹
激不起一点浪花

错落、迷离、水汽萦绕的仙境
我将是自远古而来的
哪一位仙人？亿万年地修行
亿万年地等待，或者，我是哪一滴沉积岩
哪一块钟乳石？或者，是僵卧水边千年的
白狐，一把倚天长剑
黑暗的年轮，曼妙而无声地增长
大地的精华，自每一滴水的指尖
开出坚硬的花朵来

“黑暗神秘的地下城堡中——根和带壳的种子
和水的渗透。当时间的轮盘
艰难地旋转”

堆一座雪山，表达不老的誓言
洁白的玉米塔下，压着谁的粮食、果蔬
罅隙里举出子嗣与成长，错落中呈缓慢的
力量——唯有缓慢
才能成全。这千姿百态的物华、真理
和预言。沼泽地、峰峦、马群、鸟兽
沉寂的世界，自时间的刀锋上滚落的裂帛
在这一刻，倒悬或者伫立
种种细节在巨大的孤绝与无声中
避开霜雪、雷鸣、日月星辰
甚至，避开目光和方向

时间的遗骸，在一滴水的黑暗与光明里

唯愿归隐大地的洞穴

以千姿，以炫幻

暗藏的峥嵘，于气象万千的地壳内心

步入岁月的永恒

这一程，我们不说抵达

这一程，我们不说抵达
我们只谈论土地上的种子长出的神话

一座新城，一棵树或者一片绿地
以清奇百态之姿，不问方向，不辨大小
捻开万顷碧波，你就是我的
千朵青莲，在必经的路上
度我前世今生
以血脉相通的热度，流向亲爱的祖国

一草一木，一石一水
昭示着一种指引
神秘的辽滨新城，有多少梦想
轻轻翻身，碰醒沉睡的旧时光
告诉我们，家庙、宗寺以及那一年
惊慌流过的千年马帮

此刻，我，或者我们
都是她的一分子。无数次涤荡，无数次幻化

历史的步态，矫健、迅疾
光阴难锁探寻的目光，那一声
熟稔的呼唤，源自一个永不醒来的
梦

我忍住雷声，忍住呼啸的风
只为还给天空一朵晴朗的云

面朝大海，等待春暖花开

经卷打开，天地的大美
从飞逝的时间中释放的——
星座、蓝图、创造以及不远处
壮阔的蓝——

一滴海水的光明，照亮一座城市的
脸孔，无需探究发生过什么
当一座城市转身——
大海与人的纠葛，以沉默的方式
寻找到拯救的意义
无边荒芜里，狂热不能用来解读命运
属于勇敢者的，无数个声音
说：扔掉负累、泪水甚至歧义
伸出双手，我们向大海
索要向海大道、港口、湿地、芦苇荡
索要千年古镇渔雁文化传承
索要蔚蓝色的新生活

那么，与你的相守，就从保护
每一滴海水开始……

入侵或者逃离

对于大片的湿地和湿地上的生灵
路是一种入侵，路上的人更是

我在路上，停下来，落满阳光的大地
我是万千生灵之一
卑微不及一棵芦苇、一只苍鹭
甚至一点蚊蝇……这广阔
只是它们的

蹚过路边稀疏的芦苇，小心地
把自己努力藏在芦叶的身后
隔着一条三米宽的水沟，大量的苍鹭悠闲地
蹲在水边，
这些敏锐的精灵早早地发现了我
纷纷起飞，隐于更深的芦苇丛
惹不起，它们却躲得起

这时，我裸露的小腿突觉奇痒
多只蚊子叮在上面，我奋力拍打

快速逃到路边，几只死在我的巴掌下
更多的逃之夭夭
与我的惊慌失色相比，生死攸关的时刻
蚊子的逃离，远比我从容

一向躲在黑暗处的蚊子，光天化日
如此的自信、凶猛，有的蚊子一口下去
会有一大滴血从皮肤上涌出
它们旁若无人
它们视死如归
它们前仆后继

我是入侵者。我的几声赞美
于这片湿地的一切生灵
同样是一种入侵
其实，我和它们，某一刻
都在逃离

我的赞美从九月出发

我写清风日朗，写稻浪金黄
写苍鹭背负着云朵飞翔，写芦苇浩荡
写红海滩的火焰
写大河东去，浪尽处古今多少风流

九月的大地，粮食、果蔬、雨水以及方言
次第集结，色彩爬上枝头
流动的世界，在古老的昨天和未来之间
我的赞美是多余的

我要用自己的语言，构建一个家园
安顿灵魂，遣返身体，像一粒种子
在十月的风里灌浆，储备甜蜜，让一座城市
因为我，多一盏灯火，让梦更长久地
在星星之间奔跑

“民族是一首诗，个人是其中的字眼”
那么，故乡就是这首诗里，最奇异的一个词语
一定会让世人感知到，词语的力量
就是一座村庄的诗和远方

草木的深情

让出种子和脚下的土地
让出往事、身体里的水分和火焰
一棵稻草和一万棵稻草的体内
都藏着星星，飞翔、跳动——
走出土地的草木，穿上巧扮的艺术外衣
就是辽河口荡气回肠的一道风景——

那些蓑笠翁一般，浑身裹满稻草的人
只有一双眼睛没有藏住，偷窥着
大野之上，人间万象
我猜测，那些躲在稻草身后的人
会不会成为它们的心腹

以草木之躯，站成雄鸡、金字塔、千面人
甚至，摆出迷魂阵
甚至，以龙的姿态飞腾
稻草潜入经卷，风干的了悟
是一座城市的智慧。是大河之上
献祭般的仪式

此刻，阳光厚重，风躲在远处
土地之上，那群布衣女子，身上碎花耀眼
有着人间烟火的背影，她们要将一担稻草
挑向哪里？花头巾、狗皮帽子
是时间的旗帜，人们顺着一担稻草
赶往曾经的岁月……
唢呐、秧歌、灯笼舞、毛驴舞，这投身
生活的热闹，表达着对草木的敬仰

谁说一棵稻草，离开水和土地
就没有了生命。谁说火焰的灰烬里
没有生长——
一棵稻草，就是一面生活的镜子、标识
是新鲜的日子、欢乐，是无数次忽略之后
我们从大河之上取回的生活倒影

在一棵树下面

不想说话，就在一棵树下
独坐。将一棵树的热烈还给树
我安心地等
一只兔子，它纯白、红眼睛
通体桂香

一只兔子成为秋天里，茂密的忧伤
秘不可宣的疏离或者亲密，都是无解

停泊瞩望，臣服自己——
慌不择路的时候，这词语的小兽
唯一逃跑的方向，还是我

像雪花一样奔来吧
在一棵树到头骨之间，我是风
我要搬来鸟语、清风、蝉鸣
搬来雨水、雷鸣，搬来最美的日出
甚至火焰

无数的话语混在风里，谁能明白
此刻，一只兔子和我
是一棵树结出的两个秘密

一棵树

麻雀，像遗落枝头的果子
而我身体里那一枚来路不明的苹果
不知道该落到哪里

甚至是一阵风，以奔跑的姿态
搅乱时间的荒芜，暗生的欲望
从一粒种子
煎熬成年轮

谁又能听见，我裸露的坚硬
和体内的喧哗
是怎么的反差
被不解风情的鸟儿
当成栖身之所

故乡的梨花

河水东去，我随了光阴
却找不到属于自己的流向
少年的心事，如陈旧的年画
在记忆里，依然
散发着古朴的气息
流年的谶语，在三月的枝头
打着怪异的手势

再过些时候，就会有满坡的梨花
和多年前一样
张开洁白的唇，喊醒
沉睡的村庄，喊醒我
车水马龙的前尘今世

跟着俗常的部分，迂回
或者走失，直到黄昏来临
直到让所有的思绪
像梨花那样，将一场花事

在五月撤退，撤到果实的
内心，在大雪来临之前
守住一生的甜

第三辑

自然的韵脚

又一年

又一年，时光依旧如刀
不断剔除、宰割
手法日臻娴熟
刀下之鬼之神，残生倜傥、缜密
天然的一段路途
岂是又一年的刀锋能抹去的
悲欢

又一年，云朵洗劫过的天空
只剩下一句安慰，落在谁的头上
谁就是在德令哈喊出的那个姐姐

又一年，河流向东
春风向北，穿过全部的荒凉和想象
万物的秩序，依旧是侠骨柔肠
是短暂的沉默之后
进入一种永恒

又一年，我在永恒的

时光里，打捞自己的影子

作为礼物

送给又一年的自己

在春天未来之前

任何的说辞都是多余，在春天还没有到来
之前，关闭窗口，关闭自己
大地深处，生命不值一语——
吉卜赛的女子，在时间的虚构里
染上风疾。烟尘滚滚的岁月
关于盘剥，关于道具，关于欲念
关于花开的传言以及输掉的初衷
在更远的日子，都与我无关
且充耳不闻

安静地坐下吧，不说一句话
这阳光、鸟鸣、荒野都是真的
在春天未来之前
殆尽眼中的浑浊，像个虔诚的人
心底分解沙砾，磨砺出坚硬的骨头

学会向宽宥的河水示弱，在流逝的风里
藏起自己。和一些陌生人相伴走在
西风烟雪的归路上，尔后各自散去

没有声音，没有背影
而爱我的人就在身侧，当所有的河流
冰封成碑，万物暗淡的深冬
我依然被世界温柔相待

春天的献词

接下来的日子，每天我都把早晨的阳光
铺开，在生活的旁枝细节处
寻找我想要的收获——
那些隐藏的真相、吹远事物的风
坚不可摧的爱、花开和祝福
甚至真诚，甚至谎言

冰雪消融，这么美好的季节
需要回避一场雪的来临，需要
干净的言辞洗净这满目的荒寒
需要面对最安静的时光
笑着感伤……需要满怀信心
和大地万物
一起绿到天涯海角

在春天

在春天，一截枯木和一棵草的心思
是一样的。一根白发里
不会因为吹过春风，就停止
大雪纷飞

在春天，草木扎堆，鸟儿叫春
桃花开在别处
我躲在阳光里，生暗疾，建篱笆，醉心竹篮打水
无数个我，彼此伤害又深深相爱，不停地
数着越来越慢的心跳
一面偃旗息鼓，一面整装待发

我知道这么做，把自己弄得过于复杂了
春天更像耳旁风或者谎言

春风一遍遍吹过时
我只想着，如何避免这疼痛不已的头
在春天长出病句

早春的大雁

无岸的天空
上帝交出的黑色闪电
驮着整个春天的雨水
我看到它们
和我一起，在回家的路上奔驰
我的灵魂，在黑暗的羽翎之上
瞬间荒芜

那一年
此时，万籁俱寂
仿佛，你在远方听着我翅翼拔节
努力地飞向你

亲，人间那么遥远
只有你的目光是近的

亲，我不能
让一场风把我们吹远
让一朵花藏起记忆

我要向生活索要祝福
诚实、谎言和爱情

在一个高温的午后，我突然安静下来
像一滴汗水没入泥土
并努力地在大地上
寻找生命的涌动

早 春

一

生起的炉火，融化不掉
任何一片雪花。隔着落地窗
我们是彼此望得见的
前世、今生

所有的冷暖，泯于
一阵风

二

这个时候，鸟鸣解释不了一阵风
带走的凉，也解释不了一场大雪
惊出的委屈

与那些花或者草相比，我还不够隐忍
不够豁达。面对着宏大的寒
如早夭的骑手，避开寒鸦和栈道

避开春天
寻找前世的马

三

一棵苦菜，在第一缕春风里
吐出新绿，你的苦
是隐匿的另一种暖
也是万物奔赴的路上
最先老去的一节
春风

立春

从一片雪花上抽身
从阳光下一粒尘埃里醒来
“问候与道别，在匆匆一瞥间”
我目光扫过的大地万物
都刮着水润的风，尽管如此
很多人依旧喊冷，更多的面孔
挂着冰雪

至于我，你看，还是寡言
一出门就徒生背井离乡的孤独
翻遍周身，也找不出一粒种子
交给春天

经过一场春雨

天空和大地之间，是盛大的离别现场

与尘世纠缠不清的雨啊
剥离高远的天堂，在四月的大地
泼洒汹涌的忧伤
和滂沛的爱

不为赢得满园花香
只为淋透一颗不拿伞的
心

清 明

这一天，可以和故去的人
叙一叙未了的情
你没走完的路
我替你走得比一阵风还快

可以与一场雨对峙
谁更接近春天更接近
一棵青草
可以回头丈量一下自己留给
尘世的影子离一块墓地
还有多远

如果没有这一天
故人如何能停下来听我
把这半世的光阴一一清点

此刻，我的心像墓前的这朵百合
羞愧地开
再坦然地凋

清明祭

这一刻，自冬天而来的一场雪
覆盖不了一座坟茔，甚至一棵
枯草。每一片葬身大地的雪花
是谁的一滴清泪，不卑微
也不崇高，不依恋更不怀念

其实，我只关心自己
那些语无伦次的日夜
被这场预料中的降雪分割
局部的细节成为另一种抒情
在火焰上舞蹈

我是那个丢失了行囊的
骑手，在奔赴的路上
忘记炊烟
忘记春天和花开，醉心于
一场大雪带来的寒
这样的时候，我可以
像放下一片雪花一样
放下自己和整个春天

春天的味道

风带来水的软语
在远离人群的地方，与谁
诉说江南和江南的一蓑烟雨
我的语言，还在背阴的山坳里
没有醒来，枯黄的蒺藜
匍匐在去年的积雪里
努力地挺起腰身，等待
一阵风的抚慰

当春天，如海涌来
而我，以鱼跃的姿态
扑向你的时候，我，或者你
可以哭泣，哭这苦难的土地
和村庄，埋藏的一寸寸光阴
在一场春雨过后
还能够发出疼痛的芽儿

三 月

又一个三月
春雨撕开云朵细碎的
柔情，在一泓冰水之上
看你一点点开成睡莲，鹤
我以芦苇的名义，接纳
你割不断的乡愁

此刻，昏暗融化掉所有记忆
天和地之间，被雨水填满
舒缓，缱绻，决绝
就像荒芜的内心，渴望
厌倦时，梦里不再醒来
就像逆着光阴飞翔，一声长唳
心已经泪雨滂沱，鹤
不在去路，诉说一场不归的奔赴
不在风口，倾听雪舞的喧哗
停止一切的呼唤，就让忘记
来结束一场不期的雨吧，鹤
此刻，世界一片洁白，我们也是

三月的风

三月的风一吹，那些断了根的草
就顺着风跑了，也把女人吹到了
田里——这大地上最早醒来的植物

三月的风一吹，河流就变幻了一种情绪
一天化解一点，给身体里的死水
给胸脯上的雪花

三月的风一吹，天边的雷鸣
就在心头滚动，雨水的忧伤细密
一朵一朵被吹开——

暗香浮动的尘世啊
三月的风一吹，就交出了
江山和月明……

三月的最后一天

小草推开头顶的枯黄，探出头
迎着天阶小雨，和我相遇

我和小草，在苍穹之下
为挨过整个冬天的万物，化缘
为崭新的相遇
为开往江南的火车，为北归的雁阵
为日益饱满的花蕾
为三月最后一天的雨水

捧出顷刻之间的喜悦和
悬壶济世之心

四月的江湖

我没有剑，指向流年，劈一路的水患
没有箫，引来凤凰，也不能绝粒避谷

人间四月——
万物都在奔跑，只把我留在身后
一个人的江湖，我有第一朵
向我打开的桃花
可等千年……
有一年又一年的清风
吹来的白发三千。有只为我
绿遍天涯的草场。亲爱的
人间四月，你才是我全部的江湖
载星光、载津渡、载只属于我们的
今生今世

欲随桃花去

从春风冰凉的指尖上开，从醒着的梦里
从忧伤处，从迷途从孤绝
从二十多年前，你望向我的那个眼神
开出四月的宁静、雨声甚至传说

第一朵向我打开的桃花
收我入心吧

只为你种下的桃花，三千年一熟
六千年一熟
九千年一熟

这相依为命的陪伴啊，那么长那么久
都将随你而去

这相依为命的陪伴啊，那么长那么久
都将随你而去

桃 花

清晨尚未亮出
春天的颜色，一抬头
一树一树的桃花
隔着一条马路
瞬间绽开

还没抖落掉月光和夜晚的凉
就这么急急地
在风里张着嘴
笑不出声　也吐不出满口的芬芳

远远地，我被这粉红的闪电
击中，雷鸣自天庭滚落到内心
又一朵桃花悄悄打开自己

雨夜的琴弦

将第一声雷鸣，在荒了一冬的心头
停了又停，唤醒嗜睡的蒹葭
埋进大地的心跳，在三月的滩涂
寻到皈依的大海

如果不是隔着这场雨水
这时候的我
该是拥着一簇月光
倾听你的指尖飞出的
音乐之鸟，在青春的枝头
鸣啭。此刻，我也是一只鸟
轻轻地栖落或者与你并行
这空茫的黑暗，以及水乳大地
终将被琴声淹没

今夜，让我在这场细雨轻雷里
守着岁月的旋律，不化蝶
不相约，只想左手牵着右手
随便去哪里

秋风起时

秋风起时，草木流水一般
淹没大地。繁花恣肆
鸟群散在风里，叫出几声惊厥

秋风起时，骨头挪出空穴
堆满时间的沉积岩
随便的一点力气，就能把它敲成碎银
换二两淡云，三杯夕阳

血脉里的热浪
连同清白、青翠甚至爱和愁苦
都随风吧，我只要一段
林荫小径，陪秋风吹不走的爱人
不慌不忙地走一走……

秋天，听到一片落叶的惊叫

白露的第二天，我写诗
却丢失了诗句，想人
寻不到要想的人
现在，我来到辽河边
——阵阵的风里，鸟鸣含着露水
细小的鱼儿在我的脚边
迅速没入深水，鱼尾扫出一圈一圈的涟漪
拥向我的趾尖

一片落叶惊叫着，砸在我的肩头
真的，那叫声像时光的闪电
瞬间让我陷入黑暗，呵
这坠落的影子，将整个秋天
压向我……

现在，我是秋天的另一片落叶
用草木之心
照拂这个清晨无人知晓的

秘密——

我用明亮的沉默，完成唯一的一次

飞翔

仲 秋

下午四点的辽河岸
阳光清冽，流水缓慢
万物坚持着各自的姿势，倒伏或者向上
颓废或者青翠，沿着各自的意志，
拼命往秋天里挤，都想在这样的好时光里
把自己长成神的模样

我不急，就这么空着
落日般慢慢隐形于一场下沉

一个人走着
小径狭隘，两边河水和时光一样辽阔
已经等了好久，等身体穿过不朽的黄昏
我的灵魂布满星星的泪滴

站在河心的栈桥上，我准备
卸掉欲念、虚荣和一切的伪饰给流水
风吹来，我的轻让整个秋天

漂在河上，一只蝴蝶
只是想一想远处的大海
飞进秋天里……

一场意想不到的秋雨

说来就来了的一场大雨
裹挟着风，世界骤然间陷落
在这之前的那一刻
我一脚踏进家门

眼前的这扇窗
严严实实地将一场风雨
擎在窗外，却擎不住
凄厉的风雨声，人在昏黄的
旋涡里，内心瑟瑟

此刻，羡慕极了对面那座楼
把自己伫立成一尊佛
风来不动。雨来不惊

秋日索引

雨一整夜地下着，耐心、细碎
挂在玻璃上的雨滴，以及我没写出的诗句
是这个夜晚最寒凉的部分
一场缓慢的秋雨后，很多事物
不断地背离，不断地回归
大地到处是生命的原罪，深藏
或者，袒露
每一个生命都是我
双手合十的掌心
最不能舍弃的苦衷

从漆黑的窗口望出去
除了秋风，除了远处的灯火
总有什么，在这场雨水里湮灭
宽阔的尘世，该如何填补这无所适从的
巨大漏洞？该怎样在秋天
最后一朵花枯萎前
留下一个满心负累的人
最真实的忏悔

天凉好个秋——秋分

从清凉到寒凉
只需一个转身
从一场雨到一场雨
只需一阵风，谁和谁
就这么平分了秋色，之前
再怎么花好月圆，也会一件一件
剥去色彩的外衣，直到把自己
剥成一粒种子

这一天开始
雨水细碎，雷声走远
而闪电还停在内心，试图
阻挡一点一点伸长的
夜的触须……

这一天开始，词语凝霜
每一滴露水都成星星的咒语
我与你，隔着一首诗

风只吹它荒凉的部分

风吹在一朵牵牛花上
整个秋天
就压下来，荒凉
在白蝴蝶的翅尖上
摇晃。草木之下
尽是深渊
风再吹一遍，兵荒马乱的
万物
好像在奔跑
好像追着落日跑，只有我
裹紧风衣，原地不动
隐在树影里，像一个
被秋天遗忘的人

枯荷听雨

爱极了这苍茫之色
这阔天之下的光阴、风骨、静寂
以及雨打枯荷的隐忍和通达

挣脱灵魂的锁链，你无为的样子
是我含着泪水剔除的一掬青泥
如何养育一枚清荷一门心思地
往枯里开，往虚无里开

雕梁画栋之间
有尘埃落定后的幽怨和静美
雀跃或者沉吟
都是一场细雨留给我的舞姿
唯我独尊却又忘记了自我

此刻，我是我的阳光
我是我的快乐，我是我的
深渊。一池的秋声，一池无言的歌

都不及你的一个眼神，几十年如一日
清洗一株凋蔽的荷，一颗凡心
是一场雨的使命

大雪

被囚禁一冬的大雪
像天空打碎了的瓷器
大片大片地飞，然后细碎地泣
仿佛要掏空自己。落地的声音
只有我能听见

用寂静掩盖寂寞
用白洗白喧嚣，这样的时刻
横卧的冰碴悄然站立起来，为一条河
准备远方

可是，二月的大雪啊
掩盖不住一颗涌动的春心
这段磅礴的白
注定是一场无法言说的祭奠

残 雪

北方的三月，再大的雪
一落地
就会被一阵风吹残

那些斑驳的白
是大地上，先于桃花打开的
花朵
抱着低处的草木等雁阵，等野火
等又一阵风送来
人间的大圆满——让每一片残雪
潮湿的内心都长出
一座宫殿

飘到手心里的一片雪花

一定要冷到破碎，才肯开出花来
才肯轻盈，才肯在我的窗前绕来绕去

这么剔透的筋骨，经得起风吹
却禁不住一声叹息

一片雪花在我的掌心
一点一点枯萎，若不是
我率先向天空伸出手
她将是谁的一滴泪，是压断哪一截
枯枝的最后一片雪？

几只鸟

几只鸟躲在树叶的背后，清脆的呢喃
比春风浓密、翠绿。每一声软语
都如闪电，瞬间
打开黑暗的窄门

几只看不见的鸟，挽留了我
在树荫里，我是入侵者
是时光遗留下来的
多余部分，终将被时光
轻轻拿走
就像我的一声轻咳，立刻熄灭的
鸟鸣

也将山林、雨声、花香甚至整个
春天，瞬间带向了远处
只有我这么沉重，怎么追
也追不上几只鸟的
飞翔

草垛

退尽身体里的水分、青春和柔润部分
只剩这清脆的风骨，肩并着肩拥抱在一起
抱成村庄的神明，抱成人间烟火的
袅袅余音

所有的守护、等待都是为了
把藏于内心最后的火焰
交出去，就此相忘吧
相忘于烟飞、烟灭的灰烬——

再一阵风吹来，摇摇晃晃站起的新绿
是又一个轮回，岁月举起的万亩灯盏

还想再下一场大雪

还想再下一场大雪
但不要像昨天的那一场雪，下得
纷乱，哀伤
还要避开道路和众生

没有风，要漫不经心地下
每一片雪花，都藏着云朵肺腑之言
向大地悄悄地倾诉

这么多的雪花呵，飘向树木原野

我也要像一片雪花
着盛装，但拒绝融化
允许这个时候，桃花开在别处
允许一条河流，远处奔腾，近处结冰

允许白茫茫的世界，一片雪花
在飞往春天的路上，比一瓣落红
还轻

童 话

省略森林、王后和罪恶
也可以省略江山、赞誉，唯独不能
省略一场大雪，千古剧情
循环于时间之涯，你踩着雪花
走来——

白雪公主和七个小矮人
走出茅草屋，告诉每一个路人
面包和炊烟已经备好
窗前的雪人，就唤他王子吧

跟路人讲述劫后余生
讲从此的幸福生活
就有大雪纷飞，有一剪寒梅绽开

说在新立镇的雪乡，遇见我
并喊我，像喊一片雪花
那么轻，那么凉
喊我一声，就有一颗心

飞出雪人的身体，我听见
他体内雪崩的声音
誓言一样流出

滑雪场

必须要一片雪花举起另一片雪花
必须有汹涌的寒，必须山一样
拱起腰身，才能让快乐拥有
高度和速度

虚置的绝顶，有雪山的光芒
一个接一个的男人、女人、孩子
旋涡般飞身而下，叫声像鸟鸣

下一个，就是我
环绕的山河，我孤悬于万朵雪花之上
阳光眯眼，蓝天深邃
我的眼前空无一人

迟疑着，被身后的一掌推出
呼啸着，遁入冰雪的峡谷——
亡命天涯的恐惧、晕眩、悔悟
飞速穿身而过
如一块石头，还没来得及破碎
就在低处开出一朵雪花来

雪 乡

一

一只兔子
被放在雪地上，瑟瑟发抖
一群人
等在栅栏门口，一声令下
人们叫喊着奔向兔子，它一动不动
在人们飞身扑向它的刹那
窜出指缝——
以游戏的方式，兔子跑进了每一个
奔向它的大心脏里

二

雪国的小火车，像深藏的愿望
掠过茅屋、溜冰场、雪人
它带着人们，追赶远去的
自己

在雪野上，它旋涡般
无始无终
一条道跑到黑

三

荡在秋千上，雪地摇晃起来
忽远忽近的天地万物
“如同绝对的真理那隐忍的痛苦，以回声
看护着我们心中越堆
越高的沉默。”

四

云影和冰车在冰面上滑行
仿佛插图
是谁？水嫩的眼眸，抚过岁月的河
把一片雪花望穿

麻 雀

时常，窗外的那棵桃树上
聚集着一群麻雀
飞走一群，又来一群
唧唧喳喳，把世界叫得
一片苍茫

有时候
它们的叫声是一首诗
有时是花开，是缤纷的
落叶
更多的时候，是一场闹剧

除了不分寒暑的聚会，麻雀们
似乎
没什么事情可做，它们叫得
自豪、荣耀
仿佛每一只都是独一无二的
演说家

喜 鹊

几棵软了筋骨的老杨树上
一群喜鹊围着老巢唧唧喳喳
盖过了人声，它们人多势众
聚会像春风如火如荼

妈透过明亮的窗户
投去和善的目光，说早叫喜，晚叫财
此刻，满桌的菜肴
老爸一瓶又一瓶更换着白酒
他在犹豫
到底喝“蒙倒牛”、“五粮液”还是“二锅头”
爱人在侧，不断地为老爸出谋划策
夕阳透过西山的肩头，将万亩霞光
洒满老屋

我窃喜——为老爸的酒
为窗外的喜鹊

伤鹤

春寒入骨，履着薄冰向你泅渡
鹤，我把爱归还给你
你把天堂的风和阳光带给我
尘世已远，我们一起
背对着大海开花。起舞。受伤

鹤，我们这么近了啊，100 米
骚动、惊慌。四周一片空寂
鹤群依然没有飞离
我只能虚构一场一厢情愿的开始
我在走近你，鹤啊，几次起飞
几次又原地落下，我也生出翅膀
和你们一样
起起落落，一样措手不及
一样抱紧自己，任疑惑的云朵
压向彼此

鹤啊，我的脚步和目光
不是逼向你的毒药和猎枪

遥远的深处，我们隔着千年
的依恋你却不知

世界沉重，只因多我一人
我的善意长不成芦苇与你亲近
起飞。降落。几米之外
鹤依然不忍飞离

落单的鹤啊，滴血的翅膀
湿淋淋，我赤足，踩着寒水
和苇茬奔向你，鹤
“劈开伤口，救出沉默的忧伤
 劈开泪水，救出爱和疼痛”
我们相依，我们一起流血和泪
一起在天空和大地行走

总有一天，鹤群也会为我
如此徘徊，如此降落，起飞

再没有什么可惊扰你

如果不惊闻一场杀戮
我会忘记这个春天
在三月的清冷里，收割了死亡
和贪欲。丹顶鹤啊那十七只
被荼毒的丹顶鹤，人类举着
你头顶的火焰，那些集结的罪孽
迷失了阳光的风标，鹤啊
你的舞蹈布满血光

在湿地，在苇海，在每一个
清晨和夜晚
你可以喊醒坚硬的天空
却喊不醒人的恶魔
从天上踱到人间，哪一处
更可以依赖？把一个天堂
搭建在荒凉之上，躲了再躲
我的诗歌，挡不住伸向你的魔掌
我的十指松软无力
托不起你飞翔的梦

不想和你谈起过去，鹤
那里藏着我们太多的虚荣
不敢与你讲未来，鹤
害怕人类的软骨，在暗处
将你的根挖掘。我们拿什么
祭奠自己

望着你洁白的身体
匍匐在水乳大地，生命的气息
渗进八百里的水泊，我的痛
陪你一程再一程，我不出声
自你的仙境出发，从天空
从黑暗，从贪婪中皈依
再不要，让爱步入歧途
我的鹤。我的神。下一个轮回
你是哪一株思想的芦苇

那些从你的身体里
长出的花朵，空蒙圣洁
最深处的血，凝结在爱与痛
醉与醒的边缘。“愿诗歌
或自由与你合葬”
寻一双温暖的手，为你
扫出一片干净的天空

一块不落红尘的净地，自由
是你的，我的鹤，我的神
还有什么可惊扰你

一只蝶的前世今生

一只蝶被夜色点燃
去追赶一阵风，追赶花的影子
大海，草地，碎梦
以及还没说出的爱，都是翅翼上的
一滴月光和滋养
人间烟火里，化身神灵
或者病兆

时光飞逝，在“云朵和火花之间”
一只蝶的前世今生
就是飞过茫茫的黑，喊出雷鸣
喊出滂沱的雨
就是一片叶子一千年的枯
一千年的绿。隐身于世界
雷鸣、鸟语以及尚未诞生的
童话，在一切之后
向一张抽象的天空垂目
默诵芝麻，开门

夕阳中的马

长途奔袭的马
驮着夕阳，从古道上
赶来，赶往薄暮的深处

它想用黑暗
照亮一匹马的
白日梦

我是你一览无余的轻

伸出水面的一截枯枝上
蹲着一只安静的白鹭，一动不动
它以这样的方式
忽略肉体的风吹草动
所有想说出口的话，都是过往的风

这样的停留多么有限，学着你
立在大地的中心，不理人类，期待下一个轮回
生出如你一样的翅膀，亲近蓝天
同时也迷恋枯枝、杂草和清风

远远地望见——
这老老少少的绿，是无岸的火光
将一部时光简史慢慢地燃成灰烬……
守在大地的指尖，掸尽尘世凛冽的真相
我必是你一览无余的轻

窗外的夜晚

偌大的夜晚挂在窗外，时间的力量
在一小块注视里，流变。蓬勃
有万家灯火、闪电和雷声
有我体内拍岸的忧虑和雨滴破碎的惊慌
有更远处的黎明……

还能怎么样呢，那么多的路
在更前方
伸向夜的深处，走哪一条
都会踩疼自己的影子
都是命运给予的一种仪式，而不是选择

一扇窗挡住了风和雨，让出全部的黑
却挡不住闪电的光芒，刺破大地山河
片刻的留存，是一次拯救，风吹草低的命运
轻车熟路地，在一切歧途
穿上自己的鞋子，走向哪
哪就是自己的庄园……

夕阳中的芦苇

除了安静
还有这陈旧的水、崭新的风
和空着的内心
苦命地相守，直到
把死守成生，把生守成黑夜里
暗藏着的幸福

而此刻，天堂失火
苇尖上的疼，是一场
无药可医的大病
直到夕阳沉落，浩荡的黑
能否宽恕芦苇滂沱的
过往和未来

野 花

还是这样的山坡、这样的树影和阳光
多年后，我在一簇小花面前
探访儿时的那场疾风和暴雨
藏蓝色，指甲那么大的
一小簇火焰，一小簇火焰
漫山遍野地燃烧着
从少年燃到中年

她浓烈的蓝、她的纤弱和卑微
燃着陈年旧影、灰烬、伤痕
甚至泪水

一个人坐下来，“这一生中的好时光
还与了我的河山和村庄”
谁能知道，这一刻
我对一朵野花的膜拜和热爱
像一条河

野菊花

蓼红苇白，雁声断处
野菊花开出的半壁河山
阳光嘹亮，云影婆娑

自天庭被风吹散的星子
有着朴素的美和人间烟火的味道

一切绽放，都是背井离乡的嗜好
野菊花从不带着记忆，普世的光芒
照露珠，照落叶，照完满
也照残缺且不含半点忧伤

她的尘世只有辽阔，没有陷阱
只有火焰，没有腐朽

哪怕，满世界都是离别的现场
野菊花抱拳、作揖
交出最后一丝芬芳

原 野

把草芥一样的命运
交给原野，我是那最后一株
接天的草。咫尺还是天涯
都与真相相去甚远

诡辩。虚无。颠覆
一个人的原野，我与一虫
一鸟一花彼此失去，彼此拒绝
我在等待命运
怀着悲悯将我交还

这一年

这一年，远处的战火、近处的仇怨
都在另一处角逐，清洗大地的雨
滋润万物，也在制造灾难
我还安然无恙，食五谷、爱乱世
不臣服，也不抗争

这一年，我挺拔的身躯
依旧被时间蚕食，此起彼伏的疼痛
但我不会把自己
“献给它乖戾的欲念”
不坍塌，也不招摇

这一年，最后一天
我什么都不做，只写一首诗
为我的又一年加冕
并“准备光的护身符”
以虔敬。以宽爱

第四辑

人在旅途……

人在旅途……

怨怼、暗讽、不屑……以自己的方式
释放锋芒，隐匿内心的软
这持续的引开，成全了诗歌和诗人

很多时候，那些只对诗歌说出的真话
都是我一生珍藏的草药
用来悬壶济世，也可止自己的
长痛和短痛

这么多年，我两袖清风，活得潦草
像一把生锈的剑，徒有虚名

学习爱，用烟灰一样落下的阳光洗尘
在无数个黄昏写诗
任凭心被一阵风吹乱

偶尔对着月亮掏空自己，对着爱人
披头散发地哭或者笑或者骂人。其余的时候
不过是人在旅途

给你一片海

给你一片海
也给你牵念、色彩和深沉的秉性

给你一片海
也给你旋涡、传说和辽阔的忧伤

灵魂的水面，有鱼群在时间里复活
并以我所爱的方式一一呈现

光芒之书

一踏进这光芒里，就晕眩
就突然地想你
想你沉静的雪山，旷达的理想
想你相爱的草木、漫漫转山路上
五百轮回免去的那一苦
想你拥抱我时，格桑花开得正艳

带着种子、雪霜、遗言以及一路的尘埃
顺着心意走，却越来越背离了初衷
但是，我相信
走向你，就是走向阳光

在大昭寺，我遇见了我的神
这一世的心愿，只寄托给一颗玛尼石
代替我叩拜万物
享受一片雪花吐出的光芒

时光的悬崖

北方的十一月，万物隐匿
一片油菜花，绝处逢生，开得
陡峭
这季节出走的
孩子，无惧、任性、没心没肺
不像我
一场大风，就不知所措
一点寒冷，就委顿，就出现病兆

油菜花
放纵的香气，是冲出这道窄门
再也唤不回来的千年
小妖，压在一场霜降里
弯一弯腰，就能等到春天
而我，还在这阴阳混生
世界里，信命、保持真诚，无端地忧心
爱深渊，也爱谜底

这么多的心照不宣

时常与窗外的一片云，对望
或者默默祝福
我们之间隔着万米长风
这个世界最深不可测的两样东西
一个天边，一个咫尺
所有的美和深渊
都变得心照不宣

走出家门，在一朵云下，等
一场大风吹给我雨水
或者一场雪
我们一起在光阴里下沉，再一起
被风送回云端
整个下午，仿佛立在尘世之外
眼前漫山遍野的残雪、枯枝、鸟影
阴阳混生的世界，全部的生机和美
是别梦依稀，无从觅得的另一个自己
该如何面对这奢侈的出场……

时光缓慢、舒展
一段旧缘，以沉默的方式
寻找隐匿山中的一棵树——

我荡过的秋千呢？倾听过的鸟鸣呢？
我喊过的那一滴露珠呢？
梦想是一树的叶子，是幽深的星空里
数不清的小忧伤……仿佛前世
许多我没说出的心事，树都知道

好吧，让我们以缄默的姿态
做一下午的隐者，你不说
我也晓得，我越来越像一棵老树，执念于
收藏传说和陈年的雨水
然后，一鼓作气
把余下的日子操守得情深意长

夕颜

暮光沉落，万点星光之下
一朵花，将无翅的身体悄悄打开
洁白的爱，在黑暗中低低地飞翔

像千年小妖，聚敛大地的精华
顺着自己的意思，报恩或者救赎
亲爱的，这一夜的情怀
就是你永不散去的容颜
是你一生的聊斋

从夜晚到夜晚，被一朵花照亮的尘世
该有怎样的雨露阳光
炼就一枚医治暗疾的灵丹妙药

浮 世

一夜的梦化成
遍地白霜，还铺在脑子里
疼痛不已，每天清晨
都是一次复活，盛大的虚无铺陈

我与生活，不能对峙
只能妥协

晃一晃灌满风声的头，深呼吸数次

然后，继续在时光里
生锈，在你面前
生出小女人的抱怨、跋扈和暖
或者寻找人间粮食

继续像雪花一样盛开
用每一根敏感的神经呼吸

转 水

一

比起那些忙碌、奔波的人
我随时都可以拥有
这逶迤的河滩，盛大的夕阳、树影
和一群起起落落的鸥鸟
拥有和灵魂一样深沉的河流

没有人注意到，半个落入河心的月亮
随着流水欢度的场景——
通透。优雅。遗世
隐于喧哗之外的精灵，多么坦然
被掠夺了光芒，在百转千回之后
隆重地活给自己……
只怜恤，不祭祀

二

久久立于栈桥上，仿佛踏在河流宽阔的脊背

“把双手伸过去吧，或者向他微笑”

辽河啊，你能把我带到哪里呢?
越过忘川，就是永恒的时光
不倦，不恋
不老，更不死……

三

因为这一河的静水
我涌出如山的幸福、荣耀和自豪
自岸边的芦苇、青草、鸟鸣
以及远处的稻田
自天边的云朵、远方的大海
自正向我走来的明亮的爱人

我把一腔的热血，流成一条河
流向
不说谎的尘世

救 赎

一滴露
在草尖上的尖叫
惊出了大片的阳光
你是千万朵云的集合，内心深藏着
雷霆和干净的天空

现在，我需用重锤来敲醒
这个清晨的梦
你需要挣脱自己
向一场雨索要
回归的路

之前

之前，所有的梨花都是
我的童年，是一个又一个的小忧伤
是低低的枝头上还没成熟
就被我咬下一口的那枚果子，酸涩的果汁
裹住伤口，像一个人噙在眼里的泪水
一仰头就流到心里

与一些早夭的梨花相比
那枚带着伤挨进秋天的果实
哪一个才是在劫难逃

说时依旧

一

这是神的隐语。不管你来不来
生命的芽苞蓄满重塑的力量
在一阵又一阵的冷风里
捧着颂词、宠爱和内心的芬芳
与万事万物结为生死同盟

花期如约，这人间的秀色
这无限山河，从我童年的一场梦里
流向远方

二

一树一树的花开像我最亲昵的
乳名，在每一个春天
被无数人念起，唯独我
视其烟尘一般，被树尖上的鸟鸣
吹散

面对满园的梨花

能说出的那部分爱一直

没有抵达。而我已经俯身入泥

与海有关或者无关

一、盛开

并非遗世独立的那一支
一点点斜风，一点点细雨
就迅速打开自己。这刹那芳华
是永远不熄的星光
在无人的夜晚，虚构一场一个人的
盛世。怀抱波光粼粼的大海，反复琢磨
疼惜与疼痛，哪一个是我最真的
表达，能够逼出你内心所有的
荒寒

二、许愿灯

在许愿灯上，虔诚地写下你的名字
写下暗藏的幸福
也写下一条光明的路
让一盏天灯引领，命运的门
次第而开

祝福和祈愿
握在手里的那一刻
等许愿灯旺盛的火焰
点燃血液和剩下的时光
等涛声渐熄
我就放手，让更辽阔的夜
展开胸怀，众神在上
请允许
在我望不穿的远方
让残存的祈愿从那里发芽
开成漫天的星宿
将我瞬间埋藏

三、今宵酒醒何处

夏天来临，水路漫长
一条小木船经过我的掌心
飘然远逝。那一夜
斟满的酒杯泛着星光、烟雨和甜
你洒满海风的名字
像岸边的芦苇，枯枯荣荣

那些碎片
是我们手拉手说的离别
是赞美，或者迷途

是大路朝天，你站在哪一边

四、索取

向尘世索取神，向神索取
今夜，我写出全部的疼

今夜，我用诗歌搬动血肉、搬动骨头里的
爱来疼你
你忍耐的苦和勇气，就会云一样散开

妈妈，你挨过的每一寸夜晚
都是我心尖上的荒凉

甚至，我不如一小片布洛芬
能带给你片刻的安宁

一个又一个漫长的夜里
你一个人
闪。转。腾。挪。
与那些歇伏体内大半生的病毒
对峙
父亲守着你，像守着一株煤油灯
飞蛾般，不远离，也不敢靠近

我说的爱

这暗疾丛生的日子，这不可触犯的
疆域；这高处的坍塌
这千万里的波涛和禀赋
都是我和我的祖国

做你的意中人，惯于思念、抱怨、小性子
也惯于宽恕，抱着月光说圆满

哪怕我只是你写在水上的
一首诗歌
为新鲜的伤口，出卖词语
和最后的羽毛
我也会满怀爱意
地狱和天堂地跟随你
不污、不形、不灭

误读

是不是，从这株苜蓿草开始
误读了满目的春光
不然，万物萌生、雨燕呢喃
我却看见，日子一天天苍老

那时候，我努力冲破内心的锁链
把故乡埋在山路的尽头，把我的
十六年埋成一个冢，然后
去追赶遥远的春天
跑丢了鞋子，我可以赤脚
我可以衣衫褴褛，可以粉碎自己
却不允许
任何一缕肮脏的目光，摄走
属于我的一片雪花

遇 见

要有碧纱窗下水沉烟，有琴声惊昼眠
有花开，甚至
有不期而至的忧伤
和恰到好处的轻盈

一颗一颗的露珠，在动荡的时光里
闭上眼睛，都能找到
属于自己的清晨
和花瓣

人间有味，只是这一晌清欢
露珠——花瓣指尖不可触摸的疼
和剔透，是碎了又圆的梦
是这个世界上，最没有野心的
遇见

花瓣啊，一场风还那么远
阳光还那么远，小心翼翼地

撑起温和的手掌，端详
一滴露珠，在火焰里舞蹈，直到
任性地碎在你的内心……

祈 祷

一年才开个头，把宿命的福音书
打开，风送来的谶言
在谁的心头开出一树的桃红

去日的行囊，已掏空给岁月
前路遥远
一个城市连着一个村庄
时时的倦怠，满身的疲惫
一个内心装满土地和爱恋的人
怎么可以无梦返乡

屈于一条河，又一条河
沦陷河中央，生命的真实
被一种母系的力量托承
我要去的地方，还太远
我需要喊出决心，喊出向往
喊出光明和黑暗，更喊出
条条大路，我所有的脚印
会被叶子覆盖被流水抚摩

被那些记得我的人们
一一安顿好

那么，不管谁来把我带走
我都要卸下一身的想法
让我轻一些，再轻一些

行走

是想丢掉还是想找回什么？
一种依恋的情结
让枯黄的草根闻到阳光的味道

我走，这么轻的风也诉说不清
所有的细节，包括伤口和微笑
遍地的残雪以及上一年的荆棘
会不会收起我预先编排好的行踪
而冷暖却在自己一低头的沉默中
开或合

常常，于这样的行走中
模糊了起点，行走的双脚、灵魂
感到了前所未有的轻松

路，荒芜在前方，我废止的河流
立与悬崖之上，以远古的图腾
迎我渴念的身心，我愿意
我愿意在扑向你的那一刻
天地隐退，唯留这行走的幸福和坚强

一言不发

一

习惯了一言不发，习惯了
在六月的夜晚听见雨水的声音
隔着目光，隔着玻璃和黑暗
我被淋得透凉

二

和尚敲钟，俗人拜佛
我不出声，凡心沉重
自体内向大地深处问寻
我们如此依赖和热爱
又如此的怨恨
你深藏不露的灾难
在五月十二日十四点二十八分
袒露无遗。而六月
我们要在家园之上在万劫不复之上
埋藏生离死别；在坟墓和废墟上

寻找飞翔的翅膀
然后，继续赶路，相爱，哭泣
或者微笑

三

住进我的天堂吧
风铃叮咚，让翠鸟聆听
一颗稔熟的心
溢满花香。请一定要守住
这样的美

时光倒流

一夜间，我老去了几十年
一些情节开始纷乱迂回
我不能容忍我的手，我的眼
我的脸甚至我的心布满世俗的伤痕
我只想离开这深切的海
离开我自己

终点变起点，在最苍老的那一刻
转身，走向从前的自己
我发现，我光秃秃的牙床
有坚硬的牙齿，竹子一样拔节
这让我兴奋不已
我又可以用牙齿挡住
灌进胸膛的风，可以把日子
咀嚼出其乐无穷的味道

最主要的，一路走回去
人会越走越轻，一件件一桩桩地
卸下那些曾经自己给自己的重负

和尘土，卸下残破，吐出幽怨

洄游的过程就是冰释前嫌的过程
不用担心，这个世界还会发生什么
我荒芜的脊背，慢慢地
可以长出洁白的翅膀，在三千米的高空
飞升，我举重若轻
看着自己空无一物的内心
和麦田一起返青

沙洲绿源

一

不知道，还要走多远
才能穿越无边沙洲，穿越
风和烈烈的阳光，抵达
生命的绿原

宽恕我，因为我想看得太多
我需要阅读，或者跟随

远方泊满灯火，眼前的河
固守一种光辉，凝满
细碎的爱与轻愁，成为
世人眼中的诗，弥漫
一川烟草
迷离，清雅，飘逸

二

“我的你呀
在我的诗弦上
阳光正暖
刚好和我一起从这片林子穿过”
一直往前走，路上
挤满城市的欲望
而我的你呀
我需涉过半味沙，遥想
一株冰峰上的雪莲，将如何
与尘世的烟火对接

三

有一个眼神，你可以看不到
有一首诗，你不可以不读
有一杯酒，你可以不喝
有一份情，你不可以不知

这个冬大
“于你我是多么珍爱
灯盏亮了一个花枝
思念健步如飞
一行沙洲
一行乌兰陶勒盖的山水”

字字句句出自你的手
却是我的心，月光一样
扑向一行绿原

从这岸到那岸，你可看见
一首诗的泪光，我等你
我们一同，守在时光的水域
苍老或者重生

红尘里给我一段记忆

闭上双眼，让思念像羽毛一样飘吧
飘在岁月的路上，让歌声送我
让我再一次紧紧抱住童年
和童年那一束盛开的映山红

被一首歌苦苦缠绕，我是如此的忧伤
在日子的深处，我曾经与一片映山红
相遇然后诀别
很多年了，它像一个冢遥远地荒芜着

那时候，我还是个孩子，我和一群孩子
翻山越岭。穿过荆棘，穿过一片又一片
高大的松树林。树与树，像一道道门
需要侧着身子放过自己。手臂上不可避免地
一道道挂着棘刺的伤痕，是成长的痛

我们站在风里
站在漫山遍野的映山红中央
和它们一起，海海曼曼地开着

绝尘、隔世、空离

这里没有红军走过，没有潘东子和胡汉三
也没有东子妈大火中忧伤、坚定的歌声
只有春风，有我和映山红激动地振臂一呼

像抱走自己的童年将一大束映山红
抱回家。从此我们隔世，从此我丢失了
通向那里的路，从此我只能走在浮世的路上
映山红年年如是地开着，吹过她的风
也一定在经过我。那又怎么样？我已经被尘土覆盖
吹开她的风，已经吹不开我

一无是处

七岁，我的渺小
在拔地而起的山崖下一览无余
我像一只蚂蚁一样站着，和那些不知名的
青草、绿藤一起站着。风空茫地刮
我茫然地仰头，再仰头，盘旋的苍鹰
是我放出的风筝，它一会儿与白云嬉戏
一会儿停在山崖上，身旁是盛开的丁香
一株草葱茏着，怀抱花香摇曳

此刻，真想放弃自己，做一株
崖上草，我收红尘在眼底红尘裹我
在风中……最好是那只苍鹰
寂寞的翅膀，永远驮着阳光和星宿
驮着雷鸣和风雨。只有此刻的我
是一无是处……

季 节

一

无论怎么努力　都追不上季节的速度
惶惑之间　又老去了一截路
一段青春　甚至
一颗心

二

一个夏天就这样过去了吗
许多事物　还来不及细看来不及珍惜
我又如何去挽留

三

眼前的天空和大地　有了明显的改变
流云　轻风　蓝天　碧草
飘逸而高洁　还不算饱满的日子
热烈不会因为一个节气

突然萧瑟下来　我还没准备好情绪
笑看众芳摇落

四

对面楼顶一簇孤独的草
摇摆着　放下
一季的风雨　放下
车水马龙的尘事　只为
再一次发芽
义无反顾地枯萎吧

五

清秋　月光叠在流水的皱纹上
亮晶晶的夜晚　用来失眠
借助一片落叶的不安　深入
另一种黑暗　这样的时候　没有人去抚摩
一天天衰败下去的那些花那些草
以及张望的虫子
更不会有人知道
对着大海唱歌是多么虚妄

六

每年的秋天　我都渴望自己

是那枚最红的苹果最沉的一株麦子
以饱满的光彩　照见
内心的滂沱　哪怕
以秋天的名义　再欺骗自己一次

扑 通

十万顷春风掉下来
就是一条大河
闪电一样，照亮一片水域
就是浩瀚的芦苇、鸟鸣、云影
是喜悦的清晨和隆重的黄昏

也是我一阵比一阵紧促的
心跳

这个时候，我只是一阵秋风
在未知的路上
除了静静地等待一片叶子
石头一样
落下来
什么都不想做

指尖飘落的碎片

一

以怎样的形式
走过泥泞
才能看见
比草根还低的脚印

二

满世界的阳光
怎么说撤就撤了
我擎一把旧伞
像一尊佛
与风周旋

三

谁以最热的目光
最冷的面孔

让黯然的灵魂
惶惶不安
沉默的柔情
飘零的落叶
无处停歇

四

我站在海边
冷冷的
如指尖上潮湿的月光
在红尘的边缘
慢慢退去

祈 福

神，亲爱的神
此刻，净手拈香的人
躬下腰身，交出所有的傲慢与卑微
祭神如神在——

请渡我一身的负累，穿越古训
穿越这宽阔的冰面，退出身体里的寒
追随浮光掠影里，这破冰而出的
万千道闪电，让龙门大开
让幸福鱼跃

众神在上
一年中最冷的这一天，等你
普世的光芒照亮五谷、鱼群、干净的欲念
和次第而开的人间烟火
从低处袅袅而升的大圆满

远离，是一种敬意

不能走得太近
留下足够的空间，让阳光进来
让新鲜的空气进来，让脚下的青草
和藤蔓快乐地依傍

两棵树，在天空中耳语
在大地上根相牵，心相连
在远离中牵挂，在牵挂中
远离，在同一场风雨里
弯腰或挺直，在同一片
月光下，安静地表达
彼此深深的敬意

无处安身

在陌生的山冈
被一只蜜蜂追赶被一闪而逝的蛇
冲撞；被草尖上裹着的风推搡
但我不小心，也把一朵野花踏残
将一群麻雀惊飞
命定的路途，我和许多事物
都走得深一脚
浅一脚

在一片熟悉的田野
庄稼沉稳的轰响中
耳朵失聪，眼睛患上了色盲
纷争的世界
我还没学会向春天张开翅膀
向秋天撑开口袋

我无为的样子，是秋天遗留给大地
最真实的语言

避

思维和行走都慢下来
像秋天最后一片落叶，拒绝风雨
和阳光，拒绝枝头的喧哗
缓慢、疲惫

醉心于大地的掌心，与蝴蝶
一起奔跑，迟钝地演绎
又一个生命的奇迹

岁月静好，现世安稳
越长越高的蒿草，慢慢地
埋没我吧，或者遗忘
有花香缠绕，有捷足先登的月光
有依旧沸腾着的血液和坚硬的骨头
有无边的岁月
就这样

泯

一

燃了一冬的炉火，融化不掉
任何一片雪花。

隔窗相望　所有的冷暖，
泯于　一阵风

二

这个时候，鸟鸣解释不了
一阵风
带走的凉，也解释不了
一场大雪
惊出的委屈

与那些花或者草相比
我还不够隐忍
不够豁达。面对着宏大的寒

如早夭的骑手，避开寒鸦和栈道

避开春天

寻找前世的马

流星雨

一场彻底的破碎，以尘埃的方式
电光石火般地奔赴
绚烂，决绝
如果不是恰到好处地抬头
这悄无声息的路过
错过的，岂止是一场相遇
还有握在胸前的祈愿

不记来路，不寻归程
不在天空，也不在大地
多么美妙啊
从黑暗中来，又归于黑暗
只为有心人华美的一舞，一生
就这么一次

据说，一颗星坠落
必然有一个灵魂补上去
双手合十，眼望夜空，等一会儿
我也如一粒尘埃，闪过
谁会对着我许个愿

嘘——

不知道，伸出的食指
能不能挡住迎面而来的
赞美、非议、秘密和言不由衷
我只想让世界
以沉默回报我的沉默

我只想那些没说出口的福祸
都在风里，那些嘴上的甜
落在刀锋上，也是甜

我时常看见，很多的声音
都在急于表达——
鸟语、虫鸣、人言
唯独一棵树，小心翼翼
随着风吐出长长的
一声——嘘——
落在哪里，哪里就长出
慈悲、星光和阴阳相生的世相

关于梦

霍俊明问，谁的梦是彩色的
有六个人举手，环顾偌大的教室
黑压压的人群，难道其他人的梦
是黑白的？我没举手
是因为，我被这个提问问呆
没有色彩的梦，是什么样子呢

秀焱说就是很旧的样子
黑马说梦是黑白的，张明特意试了一下
说只是情节啊……

我也想重新试试，一向多梦的我
居然连续两天一无所获

霍俊明说拥有彩色的梦，都是幸福的人
他说他是幸福的人。这么说我也是

但这不妨碍我依然狐疑

现实照进梦里，不知道哪道窄门

滤去了生活的色彩

只留下情节和骨头以及骨头的影子

转 向

云卷西风，诸神归位
我却在湖岸，乱了方寸——
面对东方，落日的余晖
沸腾于湖面，迷幻、诡异
云水之间，东，西，南，北
无知无觉地互换了方位

我热爱的垂柳、格桑花、野菊
蝴蝶以及憎恶的蚊子
甚至水边的涟漪
都没有因为我的转向
显出一丝的惊慌，万物安然
我也可以
一转身，就找到自己的家

在缓慢的时间里，我的疑惑
湖水一样宽阔，我在等待
错位的某一根神经归位

而不是像此刻

对约定俗成的事物

固执己见

我与自己背道而驰

这个黄昏有着脱俗的深度
飞升在万米高空，除却浩渺——窗外
西天的万亩残红
是我不期而遇的谎言，云朵是太阳
遗留给天空最后的灰烬，藏着旁逸斜出的疼
一路向北，一路向北，我在告别
灵与肉，生与死的相互打量
在这一刻弥漫着离别的味道，缠绵。盛大。空旷

——我与自己背道而驰

这一刻，我不在人间
“我想要越过茫茫宇宙，
到下一个星球去，到最后一个星球去。

我要留下几滴眼泪，
和一些笑声。”

这一刻，肉身无用

当暮色打开万丈深渊，自黑暗
扑向黑暗的路途
我将掩去所有的光芒
在远离人间的高处
在一切之后，陷入无边无际的虚无
亲爱的，唯有想到远处的你
我才感觉到真实的存在

后 退

趁着还能退，还有地方可退
退到身体的隧洞。收敛翅膀，刮起春风
如果必须，就向黑暗再倾一倾身

广阔的天空，一只鹰的飞翔
只是一阵急雨，下得
兵荒马乱
触不到眼前的黑，就用记忆表达钟爱
用一片飘逝的雪花
擦拭每一朵身体里长出的云

退到时光的影子里，我用错的
每一个词语
可以是忧伤的星光——

一座童话的城堡，而不是停止
再退到一首干净的诗里……

梦

最近，嗜睡、晕沉
常在梦里丢东西，遇见鬼，遇见久别重逢
发脾气，大喊大叫
直到把自己喊醒，一场连一场的大戏
瞬间落幕。一切不现实的
都在现实里亮出底牌

每一次醒来，都有失而复得的快感
一块阳光
恰好破窗而入，落到我的脸上

每一次醒来，都像在尘世
重新找到了落脚点

掌心上的枫叶

风乍起，三五滴露水
染透的血脉，殷红的魂
坦然地剪断生命的脐带

如果一生只能
握紧一叶枫
这温热的掌心，只这一瞬的
对望，就是一生

只是担心，退去
饱满的秋红，你将
如何承受这裸露的
枯萎，埋葬在你的
掌心

后 来

“夜晚一阵阵等待
不知等待什么爱”

后来，大雪继续下个不停
后来，大雪淹没黑暗
后来，走夜路的人，依靠一场大雪
找回了家。而不是依靠星星
也不是远处的灯火

后来，走夜路的
留在雪地的影子
被另一场大雪抹去

第五辑

比忧伤更辽阔的爱

原谅——

原谅你，策马扬鞭，独自辽阔
原谅你，离我越来越远
却能够偶尔回眸

你永远不知道
这充满火的生命，途经我的黎明
灵魂飞升的是你独自离开时
留给我的高傲、谦卑和混搭的诗句

读你的诗句
常常觉得，你就是另一个我

原谅你，辽阔的余生
我是你一路丢下的小孤独、小旋涡
小快乐……
在任何想起你的场合，一只梦的蝴蝶
都在飞，在阳光下、在风里、在雨里

原谅你，在翻卷的浪花里逃走

像一支金枪鱼，刺破从远方而来的
黑夜，我只是心疼
回身时，我不是可以洗去
你一身疲惫的孤灯、舟舸、麦田……

家 谱

类似光荣榜，说世系
序长幼、辨亲疏、尊祖敬宗
无非是寻时间的光芒
照见现世的暗影，无非
借一根错综、庞大的根系
催开另一朵别样的花

对于一个无根之人
上翻两代就找不到谁是谁的谁
他的来处是一个巨大的黑洞，
将来的去处也是
一个来路不明的人
既没有光荣，也没有耻辱
没有列祖列宗黑压压站在
身后，像一首荒谬的诗
无人来读……

风里的故事

吃下最后一粒安定
一切都安定下来，自己成了局外人
时钟一秒一秒
如脉管里的血液
滴进未知的河流，闭上眼睛
你把一世的悲欢交付给
最后一个漫长的夜晚
目睹自己，时间一样
一点一点走远

终于可以不看乱象里的人伦、威逼和争吵
不在荒诞的世界里
一再地心痛。半世的爱人
不过是识文断字的走兽
你只欠一个荒谬的离开
儿子、孙子——榨干你最后一丝爱
就让他们自生自灭吧。此刻
你的翅膀收拢
喝下一口又一口自酿的毒汁

不必等所有的苦尝遍，不必
吐尽了最后一滴血，安静地
在梦里，等等自己
去追赶老妈妈吧

她等你太久，千里之外
老屋满院子的子燕呢喃
唤你，还不够吗?
奈何，奈何……你终于不再回头
过了那座桥，就可也无风雨也无晴
八十年的爱恨、苦楚、善良
不过是风里的故事
是一声轻咳

无语帖

他有好看的笑容，8 岁就知道
省下一口粮食，给家人
他给首长做过十年的警卫员，他务农，也给人开车
他接济姐姐，给小侄女买漂亮的毛衣
送侄子上大学……

后来，他嗜酒，爱哭，虚荣
喜欢撒谎
四处借钱，但很少还
开始抱怨每一个亲人，也被
每一个亲人抱怨、厌弃
他的很多承诺一出口
就被风吹远，唯独
对不断闯祸的儿子慷慨——
不停地为他收拾残局，不停地自责
没能给他千里明月
他在儿子的婚礼上，用破旧的衬衫
裹藏起一颗爱美的心
瘦弱的身体，影子一样

映在欢喜的酒杯里

他说同村的人，有一个
死在六十六寿宴上，一个死在一周后
他不想死。他还是很忐忑地
给自己办了一次寿宴，
礼金给了儿子，他变得沉默，嗜睡
他太累了，他还有很多的疑难
无力解决

他在一个长长的梦里，走远
面目安详，显得心满意足
这一世
他放下了人间所有的
甘苦、尊严，唯独扛着“父亲”
的身份，苦苦挣扎
六月六日这一天，他连这个也放下了

他的老妻旋风一样，干号几声
转身去找她的上帝，儿子两三滴眼泪
抚着他的脸庞说：“爸，咋不等我跟你解释……”
他无力等了，这一天，他被抬出那间破旧的屋子
从此，与这里的一切恩断义绝
一腔的爱，填补着生命里
一个又一个黑洞，这一回
他只能以瘦弱的身躯，添进命运的

炉火，从此

他在云端，看我写下怀念的诗句

听我喊他一声：叔，走好

她——

她耳背，爱钱，喜欢向儿女告状
她不爱人类，只爱眼前的时光
在窗前走来走去
只爱这混沌的尘世里
自己的一餐一饭
靠四条腿的拐杖
能从卧室蹒跚到卫生间
一碗粥、一个馒头，几点清淡小菜
她能吃上两个小时
并留下一堆残渣
她用满口假牙过滤食物
嚼不碎的，一概奋力吐出
像吐出一生的郁气

偶尔，会自言自语：咋整，我也死不了
身体不舒服了，她会一门心思地
吵着找“酒仙”抓鬼——
说身上有鬼

她怕死，如深秋里
一枚死死抱住空枝的叶子
每一阵风吹，都战栗不已

她不在乎谁来谁去
她活在自己的世界，旁若无人地
向另一个世界敞开了自己
浑浊的目光里，永远藏着固执、警醒的光芒
可是，最近她一反常态
我每次去，她都会起身坐在床边
拍拍身边的空地儿，说：坐这，唠唠嗑
我说：说啥？你也听不见
她嘿嘿一笑，问："你爸妈都好？
我儿子有工作没有？"
我不停地点头，她还是嘿嘿一笑
她也会老泪纵横，向儿子告状
说老爷子给她凉饭吃，说别听老爷子的
常回来看看我，我身体不好
有时，也会突然问：你管我叫啥？
刷一刷存在感

儿女们哄着她，像照顾婴儿
精心、不计得失

让这棵生长了八十九年的大树

尽可能长久地活下去

像一种古老的仪式或者习惯

让我们一转身就有家可回……

旧照片

十六个孩子，在一张旧照片上
风吹草低
当时，天空的鹰恋着身后的山峰
当时，脚下的草木三十年不枯，
每一张面孔
都露珠一样明亮、鲜活

现在，其中有五个
远在北京、省城，或者随便的哪一座小城
如大山流失的水土，被连根拔起
没入更深的海

最右边“照瞎了”的小女孩
为了留下一张体面的合影
借来一件“北京蓝”上衣，却没借来
好命运——
二十岁的时候，死于夫家
死因不明，被父母葬于身后的青山
她没有那么长的夜晚等日出

那个满面桃花的男孩，叫俊青
还在村子里，至今未娶
经常喝酒，喝多了就哭
哭不出名堂，就笑，笑声依旧
翠绿、没有杂质。他算计不出
快乐与悲伤的轻重缓急

其他的，像照片上那些果树，开花、结果
岁岁年年，扎根大地，争一世的春光和雨露

只是，我想，再怎么努力
人，怕是活不过一张旧照片的吧

早晨

黝黑、冷漠、执着，十岁还是十二岁
都没有关系，男孩子熟练地在一个菜摊前
跪下，一言不发。收到钱，哪怕是一毛
才肯跪向下一个，这个早晨
他得抓紧时间
跪遍每一个菜摊

阳光一如既往地好
他周身刮着冷冷的风
风穿过掌心的刹那，孩子空洞的眼神
如何抵达一顿可口的早餐
随意的一跪，让一毛钱
掺杂着白眼或者呵斥
收缩进弱小的身体，不颓废也不悲伤

孩子低垂的眼睑，抵挡着
所有人的警惕和鄙视
朝着自己认定的方向

朝着亲人的方向，如一株五月的草
在生命的起点上，一个人
跪向一群人

依 恋

年轻的妈妈，坐在台阶上
两岁或者三岁的孩子，大哭着
不停地往她的怀里扑，她抗拒地
不理，他不停地大哭不停往她的怀里扑
边上，站着老年的妈妈
不停地说
抱抱他，抱抱他……都哭成这样了

经过他们时，年轻的妈妈满脸的漠然
老年的妈妈忐忑地站着，孩子的脸上除了泪水
还有汗水

我回头，再回头，多想取代那个年轻的妈妈
希望那哭声那执着地寻找
是给予我的

幻 象

看不到你身后的天空，大地上的衬景
看不到战火、家园，风暴席卷的班加西
在一个孩子的脸上沦陷——
此刻，你死死盯住这愁苦的世界
自深渊的底部，自沉默的对视
自不能喊出的那一声惊叫里，升腾起
巨大的哀伤
你的双眼
长满忧郁、怨怼，在被囚的祖国
颠沛流离，落满炮灰的脸庞
目光浸透目光，我被你满眼的恐惧
击碎，宝贝——
我有大爱无济于事
人间福气，不过是一粥一饭，不过是
母亲的一个拥抱，不过是没有炮声和子弹的
暮晚和清晨，班加西
来自班加西的目光，掩藏不住的疲惫
天空暗淡，孩子啊，明天
你会在哪里，这看不见尽头的黑暗

这愁怨的双眼，让你成为
青年、祖国还是下一个
圣斗士

眼泪是奢侈的痛

原来，天堂离我们如此的近
一转眼，当黑暗
掩盖了彼此的呼喊，当鲜血和泪水
一点点浸透我们残破的家园
温暖和幸福还会开出花朵吗

亲爱的
我们不哭，不哭
“万全之爱无生死
万全之爱无离别”

请让我们用爱点亮蜡烛
让它鸽子一样追随
请让我们用泪水
为彼此擦去伤痛，让隔世的爱
在一条路上，自由地来去

孩子，今生，你错过哪一个晴天
风起的片刻，让你用最卑微的方式

为自己的明天起早送行

而我，一无所知的目光
从早市的东边追到西边
送你扬长而去
只留几句瘦诗，和你不明下落的
背影

谁予我马不停蹄的忧伤

一

躲藏在自己的背后，一场盛大的祭祀
缓慢地开始，将落满尘埃的自己，有序地分解。
菊花茶在左，小灯盏在右
亲爱的，让我跟着你，慢慢地往回走
其实我比你的忧伤更宽。
没有别的了，只剩下回忆。
让我们绕开所有的路障，蹚过一场又一场大雪
寻找春天的自己。或者，像春天一样浅浅地绿着……
关于前世——那些来自童年的记忆
将以怎样的仪式，莅临，再一次被你一一认领？
关于今生，握在手里的那一部分
像隐喻，一点点潜入生活，堆积成暮年的唏嘘。

二

时光流逝，转动灵魂
看见肉体的风吹草动，在一天天地拔节

那么多的小忧伤，是在哪一个有月光的夜晚，风一样
来袭？
且缠绕不去，轻轻的疼，是美丽的花开
像漫天的星光那个小女孩浅浅的笑和干净的泪水……
谁能想到呢？
这一夜，一冬不来的大雪
与我的无眠一起着陆，结成不够结实的冰
慢慢自己温暖自己，再慢慢融化，化成春
一边流逝，一边洗尘。
一种被埋藏的痛，随着时间的沉默
一点点浓起来，这个世界，我担心的事物太多
不敢多想，一想全是雨水，全是破碎的花瓣……
看似坚硬的内心，总会在风过处，留下湿软的气息
让大雪无痕，让种子破壳，让自身的芒刺扎向自己
我不是神的孩子，无权任性，却能更深地理解
有些人和事，再怎么转身也是无法割舍的
正所谓在劫难逃。

三

生如焰火，映照欢腾的人群，辽阔的尘世
黄昏向生开了一道窄门，而你的惊慌和孱弱
隔着深不可测的黑，也一览无余
无形的雾障，世界是你无法亲近的远方
为着无限的美，低下卑微的头
仿佛饱经风雨的稻谷，被一群耀武扬威的麻雀掠夺了

果粒
剩下空洞的内心，倔强地守住从夜的深处飘来的梦——
“喔……我马不停蹄的忧伤，马不停蹄地向远方奔去”

四

紫陌红尘，她以火暴的脾气和咒骂，捍卫低处的权威
她不懂，一颗玻璃心，露珠一样易碎
纤细的风一整天都无法吹散的忧伤，侵蚀着整个世界
弱小的嫩芽，没有抗争，只有承受
这眷顾大地的风雨，一边疼爱一边锻打
切齿的寒，让成长布满苍白藓痕。
最亲的人，以爱的名义，在时间之上，制造惊慌
母性的光芒，被暴躁的青春填埋
她还没学会如何爱她的孩子
这粗糙的豢养，在时间的褶皱里，倔强地长出
遗世的灵魂，慢慢地丰润，慢慢地接近远方。
一个少年，从童年里走失……

求佛——那一朵花开的时间

被一种虚妄的情绪左右
过去、未来、当下，哪个可以跟真实的生活对接？
而真实的生活，哪个又可以抓得住、留得下？

俗念太迫，所以，心灵会飞离自己太远，又无处安顿
所以焦虑、挣扎。三尺之外，我看见那个自己
其实，其实我要的，不过是
次第而开的那一点心愿，要的是简单的枯荣。

那日，第一次转动经筒，婆娑世界
唯愿留一条通幽的路
“注定让一生改变的，只在此后，那一朵花开的时间。”
那日，静心拈香，拜求千手千眼观音，让命运开门
你白莲花手，指尖轻弹，为我一世夙愿
捻一朵芬芳的莲；那一眼看穿红尘万难

唯愿好人一生平安、快乐！

那日，抽得一上上签

佛曰：宝剑锋从磨砺出，梅花香自苦寒来。

慎终如始，不忘根本！

孩子，永恒、永生的解救与神恩降临

你将再一次出发……

湮于一条江，却复活于另一条河

一

你从天上来，良辰的啼声
泛着缕缕香气，你是一座江山的祥瑞
带着唐尧和虞舜的光芒，你是忠诚。是香草美人。
凤鸟独飞，游九霄，渡八荒，辽阔的疆域
唯此间可栖一颗浪漫主义的心
诸神在上，神异昭彰，趁着年华未衰
你该上下求索，你该左右吟咏，你该
把一个国家辅弼到大吉大利
唯不该“深思高举”，不与世沉浮
以为抓住飞逝的时光，就抓住了
伟大的抱负；以为龙马飞奔
就可以人约黄昏后；以为饮坠露、食蓓蕾
就可以内外兼修的干净，可以不与浊世沆瀣一气
还干干净净的自己，给君王、社稷和黎民。
你用骨子里的高贵嘲笑了市侩小人的猥琐
却被猥琐的绳索抽打、捆绑，风暴降临
一叶扁舟，如何载得动一个国家的命运

你太自信，注定被自信扼杀
你太执着，注定被执着打入地狱……
这充满悖论的世界——
苦闷。彷徨。火焰与灰烬只隔着一条河。
而你的人生，是一场不能回头的苦行！

二

所以，这愁绪，楚江一样长——车马将覆倾
你这个向导还能做什么？路漫漫，你却已
无路可走。声声长叹，唤不醒一个昏庸的君王
一腔的衷肠，不说也罢
大江东去，你一定要逆流而上，可追得上大禹吗？
黄天在上，这赤胆忠心，该奉给谁来懂
人间正道，你能奈何？
呵，廉明的君子啊，没想到吧
当奸逆和背弃蒙蔽了世界，还有苟且和绝路
还有不能抵达之诺言、众芳之芜秽
唯独没有给你求索之途，没有人给你忘忧的解药。
伯劳鸟的鸣叫高过一棵树
而你的忧思和呐喊，却高过一个国家。
然而，有什么用？
人妖颠倒的世界，水驿山程，屈子
你回头看看啊，兰草馥郁，椒树繁茂
你还是那个荷叶为衣、白莲为裙的屈子
依旧芬芳四溢。

你，多么格格不入。

三

疏离、背弃、残害，灵修美人
这落满尘埃的地方，你的香气
有多妖娆你的凋敝就有多悲凉
泣不成声，这声声慢歌，唱得太阳下沉，暮色苍茫
酒能解忧，你饮了一生，还是被这一江的愁淹死。
天问，问天，无望的江山
是生命最后的坚守。算了
“国无人莫我知兮，又何怀乎故都！”走吧——
“在那么多死亡中，你只爱必死。”（臧棣诗）
怀沙自沉，闭上高贵的眼睛，心是不是更明亮
把责任和担当，交给鱼群，把悲歌
留给龙舟上世代呼唤你的人
把求索的路铺给前仆后继求索的人
此刻，祖国是你一个人的，你却是
所有百姓的，三千年，时间静止
艾蒿的香气袅袅，龙舟追着
你的叹息，不想说那一声再见
你的生是一个节日，死亦是
你湮于一条江，却复活于另一条河

以风声，以水响

秋风渐凉，河水来自一场大雨的深处
宽阔、湍急，像一个人走到山穷水尽
之后的峰回路转，带着陈年的咏叹和倔强
向遥远的海倾其所有……
沿着大地的阶梯，起伏。闪烁。
九月，这一场大雨过后，辞别亲人
独自背着行囊远行。但是，我必须
泅水而过，齐腰深的河水，从我身前身后
迅疾而下，我趔趄着扑向对岸……
我走了很远很远，时常被一阵秋风
摇醒，被一朵浪花呼唤
一颗心，以风声，以水响
爱着尘世的苦寒路途，爱着
不疾不徐的风雨河川，爱着
一次一次没有邀约的遇见
那沉静的目光，像清晨的日出，瞬间点亮了世界……

天 堂

一滴清露，渺小、安静，疏于防范
面对江湖，交出所有的锋芒和刺
却常常为来自内心细小的波澜碎了一颗玻璃心
除此之外，这喧嚣的尘世，这圣德的月华和星光
风摇四野的悠忽之痛，都是寂寥的时光里，蓝盈盈的心事
常常在一个人的固堤，长久地坐在秋千上
摇荡满湖的秋光、蛙声，一个人的天堂
就是草尖上一滴露的天堂
就是一阵清风、一片白云、一段不轻不重的今生
住进这样的天堂吧！
风铃叮咚，让翠鸟聆听一颗稔熟的心
溢满花香。请一定要守住
这样简单的美，透过天光，追赶好命的远方……

一个人的村落

走了那么远的路，才触摸到了
一种永恒的丧失，那些能让人寻找到温暖的景象
一点一点抛弃了我——
袅袅的炊烟、苍老的鹊巢、润泽的泥土以及张望的
　虫子……
这些浅表的抒情出卖了我的浮躁和浅薄
一次次离去，一次次返回，坐在童年无数次踏过的
那块山石上，再多的记忆与怀念
都无法让我的心灵踏实下来

留一个完整的村落给我吧，让我靠着破败的墙根
晒一会儿太阳，让周身的泥土和草香渗透到内心
让我听犬吠、鸡鸣、鸟语
听母亲唤孩子，丈夫骂婆娘，听张家长李家短
让我停在暗处，风畅通无阻地经过之后
站成石头，三缄其口。

逃 离

身前、身后的天空，搬不开的乌云
吞噬了太多的真相，裹挟着雷鸣和闪电
一定要将一颗心击穿吗？天光迷离的倒影里
盛大的孤独，为一场大雨的来临
准备着沟壑、堤岸和暴涨的脾气，也准备了远方……

迷惑的路上，这年轻的心
已经老于一棵深秋的衰草，逃离伤害的阴影
依旧满怀感恩，这清清白白的过往
这晃动着的斑斓日子，都是我无法移情的锁链
不辨方向，不问清浊，只在雨水漂洗过的月光下
将一颗湿淋淋的心，还于惊涛，还于枯荣，还于永恒
　的岁月

比忧伤更辽阔的爱

披着正午的阳光、披着一路秋风
去八百里河川采摘芦花和蒲棒，试图
把整个秋天搬进家里，让一朵朵大地的火焰
从荒芜开始，从我们疲惫的面孔开始，带着
大野的浩荡，照亮一个人的世界——
安静、执着，带着不为人知的辽阔和忧伤。

大片的芦苇正妥协于季节的逼迫，任世风推搡
全身的筋脉打开，迎接一条大河的爱
以风骨、以澄澈，掩藏一天比一天深的荒凉

面对善变的风，千年的诗句，是我们
心头碎了又碎的秋寒，为这大把的好时光
沉溺幸福的沼泽，在午后的秋天里，开始一场
　白日梦

烟 花

偌大的世界，星光太远，霓虹媚俗
唯独你，怀揣巨大的喜悦，把最灿烂的一跃
最后的余烬，在空寂里绽放
不留一丝尘泥，连自己也找不到自己。

你这天空掩藏已久的痛，爱——
只有透过这宽阔的黑暗，才能呈现出来——
盛大。决绝。
不恨烟花飞尽，一片幽情，是不是冷处最浓？

河流远去的方向，就是我的永生

在大地上行走，需要一颗豁亮的心
收藏黑暗，照见河流远去的方向
背负自己也不明朗的召唤，远离吧，远离故土

被土地养大的孩子，一辈子都有一双好脚力
有一副好心肠，如三月的小草，努力地发芽
向着阳光出发，被苍生眷顾，秉持着古旧的德行
一步一个台阶，攀上一个又一个高度
接受阳光的洗礼，沧海桑田，万物轮回中
学会隐忍、坚持，宽容每一声雷鸣
砸开的风雨，纵横的波涛汹涌而来——
河流远去的方向，就是我的永生！

拣尽寒枝

等了这么久，阒寂的大地
遗落尘埃里的同伴，远离人群，远离现代文明
不止一次，看倦鸟盘桓天空，那热烈而简单的飞翔
穿过我的目光，穿过荒芜的原野，谁能听到
我的孤独和温暖，在黄昏的波光里，浅吟低唱。

爱极了这一轮落日，拣尽寒枝终不
将生命的激情退守到内心，你是谁的枝头
那一枚温暖的巢？

经卷打开，这落霞漫漶的世界
牧笛和老牛顺着时光走远，骨感的万物
有尘埃落定的宁静，我是遗落荒野的一株麦子
以流年偷换最甜的一枚雪花，给渐行渐远的落日。

赶在黑夜来临之前，请让我过尽这金色年
亲爱的大地、山河，你是我享用不尽的
“空气、孤独、面包和药物”……

几行高大的洋槐，伸展着细密的风骨
生命的经脉打开，让天光流泻
但我一直没把这片树林走完
也没有停留在哪棵树旁，我知道
生活中有一种极至不需要抵达
我只是在内心深处，享受大自然给予我的
幸福的过程，每一株枯竭的草芥里都藏有
一个雨水丰沛的春天，干净、自由。

时光啊，请你缓慢地陪我，到黑
到我的容颜在你温润的怀抱一点一点地熄灭
仿佛从未来过，仿佛无时不在……

当爱被风吹过

不说生生花里住，将一季的雨水、阳光和风
灌注一心，忽然之间，把卑微开成
绚丽的梦幻，开成磅礴的软香。

直到让风，把自己一点点地吹成花朵，开得千头万绪
开成千万次的追寻、千万次的出发。
那么，漫山遍野都是你簇新的心跳
灯盏一般，幸福地舞蹈。
黄舞鞋披着粼粼月光，千年岁月
舞成白发三千，只为有一刻
把自己交给风，海角天涯，辽阔地飞、自由地飞
你就是尘世里，“比绝望还完美”的天使
是剔透的梦幻，是马不停蹄的爱！

当爱被风吹过，你剔除所有的色彩
卸下一身的重，让生命归于简单的白与净
归于轻轻的一次随心所欲的远行。
向着遥远的水或者山冈，轻唤一声你的名字——
蒲公英，每一只伸展的柔软，都是一种

从容，一份超脱，一缕不可触摸的高贵

我以为那是孤独的灵魂，弱到极致的伤
却不晓得，哪里安身，哪里立命，任风怎么说
爱却是自己的，连同顽强地生长也是
还能如何？世界随处都是你独自的天涯——
除了皈依，你别无选择

一个人的内心，从此辽阔

至此，整个春天的花朵，都是
我一个人的诗行，没有小心眼的算计
没有言不由衷的心病
没有身披火焰的麻雀虚妄的舞蹈

至此，不再等繁花落尽，才提来雨水
清洗肃杀之气；不再等河水归岸带来的涛声
催促着雷雨，将我埋葬。这黑白分明的沉浸
才是我命里无法放弃的真言
抖落掉一身的旧尘埃
一个人的内心，从此辽阔

黑凤凰

我与你隔世相依
我们本该享受一世的温暖
天光已经打开，你的翅膀却飞离了我
越飞越远，远得没有记忆和伤痛

那么，这个清晨，是你吗？黑凤凰
猝然地敲开我的梦，起起落落，你挣脱
别人的手掌，温顺地躲在我的怀抱
我不敢碰你受伤的右腿，你的伤深深刺痛着我

黑凤凰，我相信那就是你，我的孩子
我们隔世终于可以这样相依
你滚烫的身体让我战栗，我抱着你
奔走在求医的路上——你要忍耐，忍耐
我的泪水什么用都没有
我喊你宝宝，我为什么这样喊你，我问自己

渐渐地，你的身体变得温润，你睡了吗？
我的孩子，我们一直在路上

我一直紧紧地抱着你
我们隔世在梦里相依。

为什么，还没有疗好你的伤，我的梦
就碎在了路上，我不动，努力地抓住梦的尾巴
可是，红尘阻我在梦外，我用文字留住你，黑凤凰。
我们依然隔世相依。

溯 回

漫山遍野的残雪、枯枝、鸟影
阴阳混生的世界，全部的生机和美
是别梦依稀，无从觅得的另一个自己
如何在灯笼摇晃的旧时光里
奢侈地出场……

时光缓慢、舒展……我和一座村庄的
缘分，还在漫长的岁月之巅，荡漾、陷入
努力寻找离尘逸世的一棵树——

我荡过的秋千呢？听过的鸟鸣呢
我倾诉过的那一朵云呢？我喊过的那一滴露珠呢？
梦想是一树的叶子，是幽深的星空里数不清的小忧
　伤……
仿佛许多我没说出的心事，被一阵风轻轻提走

好吧，让我们以缄默的姿态
做一下午的隐者，你不说我也晓得
我越来越像一棵老树，执念于收藏传说
和陈年的雨水，不知所措地空，情深意长地活

第六辑

不一样的群落

辽河，大地上闪光的符号（组诗）

01. 赤地千里的辽河滩

那一脉盈盈水色，是先祖遗传的血脉
隔岸的风景，布满斑驳陆离的痕迹
岁月自源头，默不作声地爬过每一个荒凉角落
大辽河，你一声浩叹，花落水流之间
已是稻花丰年，已是蒹葭苍苍，已是百鸟齐翔……

没有什么可以遮蔽，满世界的生机
泄露了大自然最精美的秘密
大辽河，用你的清凉之水，喂养饱满的日子吧
不用说一句话，把所有的沧桑和波涛，没入无边的大海
留一片富饶、开阔的湿地，在八百里海岸线上舞出一曲大风歌
不想追问，你从哪里来，你流经多少世事沧桑，亿万斯年
大辽河，从这里奔向大海，奔向广阔，留下这大片经络错综的水域

承载着多少丰富的历史文化和自然资源

大辽河，是奉给这片洪荒大地的符号——
古老的历史、蛮荒里的厮杀、大芦荡、红海滩、
水稻、河蟹
以及芦苇荡里潜藏的数百种珍稀鸟类
都成了一条大河不可辩驳的隐喻

沿着大河，我们可不可以被历史带走
被诗句带走，被自豪带走，被时光带走……
回望苍茫的历史，六千年的禅思与沧桑
一一在脚下流逝，一代代过客匆匆，有谁还记得
这片葱茏的土地上，那些耕耘与奋斗
那些战火与枪声，为我们留下多少可以永载史册
的辉煌？

不知道，一条路从历史中走来走出土地，还要走
向哪里？
尘土覆盖了脚印，行者的惶惑和期待如影相随。
隔着车窗，蓝天白云下，一野淋漓尽致的碧绿
棵棵稻子昂首挺胸，静静地立着，期待着
与农人的汗水相融合，坦然地走进庄稼人幸福的
梦乡

我们这片土地，不仅仅生长稻谷
也生长古老的文化、生长震撼世界的英雄。

今天，我们站在前人一定站过的地方
眺望：每一枝摇动的芦苇，每一片等待秋天的稻田
每一条向上的道路，每一段沉寂了的历史
这生生不息的人间烟火，热辣辣逼近
不容你不开口不容你不热爱，此刻，我们该说些什么该想些什么？

去路与来路，永远比我们的目光走得更远。
古老的辽河流域传唱着一种心情，赤地千里
早已寻不见战国时期的只言片语，唯有
深埋大地的那一枚枚刀币，向我们昭示着
远古的图腾，生命的喧哗自刀币倾泻而出
成就了我们今天可以引以为自豪的一种文化
记忆在历史中跳跃着行走。

当我们站在浮桥上，站在河心
也站在历史的一个点上，溯源，遥望
大家的话题依然离不开历史离不开发展，我相信
历史无论走多远，那冥冥中血脉相通的心灵感应
总能不期而至，提醒我们记得
今天，我们在历史的长河打捞着属于盘锦人的历史
不是要揭开被战争灼伤的疤痕，更不是为了炫耀
历史靠时间行走，靠战争写就
尽管，用现代文明折叠的历史印痕里
总是隐含着一种悲情或者忧伤的主题
我们却要在这样的主题里

寻找到属于我们的勇气、信心和自豪
以此为依托，吹响开发的号角
让一阕振奋人心的神曲回旋在这片美丽、丰腴
　的土地上
回旋在这条沧桑而厚重的大辽河之上！

02. 生灵

逐水而来，一鹤排云，天知道
这喉咙深处的善言里，有多少春潮涌动
窥视你的眼神，藏着多少爱抚与阴谋

在水一方，蒹葭深处，这自天而降的
脱尘女子，浮光掠影间，已是一梦千年
翅膀掠过的清凉水域，盛开着绝世青莲
我要用怎样的爱恋，追逐与你前生后世的缘？
我们却萍水也不能相逢的，哪怕
远远的，得以望见。我总是能感觉到
更深的伤痕铺展在你与人类之间
可，你却是我们永远不愿醒来的梦

敏感的风，慢慢浸染，像母亲的手
为你再一次回归，清扫着一季的寒冷
芦苇荡涌动着的春潮，是一次次深情的呼唤
万千生灵，没有你们，这片浩荡该是多么寂寥
　与空旷

像一场恋爱，黑嘴鸥，你与这片湿地
人类与你，就这么缱绻着！
我必是一枝芦苇，以爱的名义
潜伏在你身旁，我们一起被冰雹拍打
被暴雨洗涤，被阳光抚摸，一起隐匿或者显现
一起接受人类一厢情愿的爱与赞美

03．大海

以三滴泪水就能淹没你，我是海
我不给你鱼群，不给你海风更不给你远行的船帆
只许你坐在礁石上，听海
然后遥望——我如何奔涌而来
再倾泻而去，你只能看到我的一望无际
看到苍茫，一点点将你融化成一滴泪水
满耳灌满破碎的声音，此起彼伏
一次次走近边缘，海水退去，岛和岸
都还远。浪花被霍然切开
当一切回归原位，疲惫，喘息，沉默，期待
海依然，覆盖着湛蓝……

04．红海滩

一半是海水，一半是火焰
这戏剧化的一幕，是上苍赐予
尘世最绝妙的舞蹈，奔腾或者燃烧

激越或者宁静，生命的快慢板
在这一片铺天盖地的殷红里，如此的瑰丽不群

看啊，这一刻，时光退去
碱蓬草自脚下的泥滩探出头来，必经过
海水一遍遍抚摸，锻打，汲取了阳光的热度
生命里奔腾的血脉被一点一点的爱浸染、深入、弥漫
任性地不可遏止地燃烧起来——嫩红，鲜红、褐红
那是生命的铺展、包裹，是大海留给人间最精美的女红

很难想象，接天蔽地的碱蓬草
在海水日夜的冲击下，如何坚守着清澈、剔透的软枝
抖落一身的涛声和疲惫，顽强地举起内心的火焰
在腥咸的海风里，在这片盐碱地上
让青春平铺直叙地变换着生命的奇迹

那么，将所有的爱恋和记忆
复活成飞鸟，在大海与芦苇荡之间
舞成大自然最瑰丽的红丝带，让红色的波涛湮没我吧
让红色的热情燃掉我吧！
我是你身下燃透的灰烬

以泥土的方式亲近你……

05. 大芦荡

一望无际，再望也是无际

辽河三角洲的大芦荡，就这么
巧取豪夺地，征服了整个世界
征服每一个想亲近她的生灵

这是大自然弹奏给这片土地最恢宏的乐章
唯有浩荡，唯有浩荡，足迹所至
所向披靡地覆盖了一切的喧嚣和张狂
他是王！是在水一方的那个伊人的王
是我此刻内心最谦卑的一声浩叹

从诗经里走来，从浣水的伊人梦里走来
蒹葭苍苍，终要与水生生世世地纠缠
我能做的，不过是将芦花举在心间
背倚着空茫，惊鸿掠影，以为这样
就可以留住你、可以亲近你
其实，我能留住什么，又如何能走近你
空着的内心？

06. 期待

把心中的地图打开，辽河三角洲——
中国最美湿地之都展示给世界的
是童话。是思想。是期待。是信心。是绝唱。
茫茫天地之间，风光不会老去，记忆不会老去
湿地不会老去。湿地之都每一个生灵每一棵草木
都是生命的象征，是文化的物证
历史的、人文的、自然的，如此契合着
辽河流域沉厚、深细、豁达的历史，让人读不尽
在水之湄，上苍在大地之上最疏放的狂草
这绝版的艺术，从来都在探索，从来都不低头
从来她都是我走不出的乡愁

在大地上行走，需要一颗豁亮的心（组诗）

01. 石庙子——有爱的地方

泪水的星光，在逃难的路上
寻找着还乡的路径，一路向北
一路向北……背井离乡的人
越过死亡的封锁线
“去有爱的地方落脚”

没有人知道，荒原之上
一座石庙的引领，已成为
追赶时代的隐喻
朝着北方以北，活下去
朝着石庙，焚香、叩首——
把苦难和求生的愿望，说给诸神
说给列祖列宗，为此，奉出最后的盘缠
最后的虔敬。把自己种植在
这片黑土地上，让香火相传、希望繁殖
从此，剔净征尘
神祇护佑着的土地，万物都是

远亲近邻，闯关东的人
成为了一个村庄的最后
留守者。从此，石庙子村
越过几百年的风云，无需时间的台词
成为走向未来的福祉——
一个有爱的地方

02. 当时间的罗盘艰难地转动

赤地千里，时间的罗盘艰难地
转动，只有十七户人家的村庄
从泥泞中，踉跄着前行

石庙碎在铁蹄下，还有土庙
土庙坍塌了，那就让它在灵魂里
发芽，坚持用一座石庙成为
一个村庄的精神图腾

被记忆删节的村史，无数的章节
一掠而过，我看见太阳底下
尘土破窗而入，稻草的灰烬里
滚烫的时光散发着人间烟火的味道

我还看见，大雨湮没了道路
整个村庄陷落在泥潭里
人在泥水路上挣扎，从一步

跋涉到下一步，黑色旋涡泛起的
惊涛骇浪，又被另一个人踏碎

时间的罗盘艰难地转动，越来越多的人
走在泥泞的黑色旋涡里，只有向前
只有在艰难走不断地求变

再黑的路，也会走亮
也能走平……

03. 一路芬芳

人间十月，晒黄了稻谷的阳光
也晒黄了草木，唯有花朵
唯有石庙子村的花朵
随处可见，这些大地的精灵
挥舞着澄明的色彩，不忍作别
“舍不得啊，大地太重
生命太轻，众生太美
舍不得啊，这辽阔的野风
风里的阳光，阳光里饱满的稻穗”

当黄昏揭开神秘的面纱，大地退下苍茫
石庙子村，每一朵花释放的色彩
都是一颗夜晚的星，自由地选择航道
所有的诗句都是对有心人的赞美——

万物走向荒芜，只留下一座村庄的花朵
独自芬芳，这引申的抒情
是火焰与时间恰巧的重叠
是石庙子人睡梦里笑开的花

04. 稻浪汹涌，而幸福宁静

“村在林中”，沉溺的
幸福，如此生机勃勃

“水在村中”，捧出游鱼、夏荷
馥郁。宁静的辽河水，绕着村庄
环抱的缠绵，日夜流转

“行在景中”，时光倾泻，一个魂不守舍的人
一念人间，一念天堂

“人在福中”，头顶碧日蓝天，身旁
花团锦簇，一切都在有序地抵达

我和石庙子村，就这么同时陷入十月
同时迎接一场夙缘的加持
鲜花簇拥着街区，庄稼连着房舍
坡屋顶的灰瓦闪着太阳的光芒
而那迟迟没有收割，依然还在风里汹涌的
稻谷，顺着风不停地追赶着

来来去去的人们，迎接或者送别
都是为了让你记住
一座村庄的禀赋，除了可见的大美
还有赤诚、眼界、魄力

在石庙子村，仿佛，万物都安装了马达
每一样，都急于展示、表达
只有我，在这样的相遇里
变得缓慢、迷幻——必须搁置曾经的自己
必须以文化的标签与一个村庄拥抱在一起
并重新布局她的过往和未知的光耀

是的，一个朝气蓬勃的团队，必然带来
一次变革，那是天空的光辉
大地的深情。他们每一个
都在为一首大写的诗，创造着独自的
句子。这些脉管里注满阳光的人
他们的每一缕光，都能照亮
岁月的暗角，让圆满的一切，加诸
一段抹不去的大爱、乡情

我想要诉说的太多——
我想尝一尝八月十五，每一户村民带来的美食
想亲眼看到，月光下的葡萄、美酒
从孩子传到老人，再到我微凉的指尖
互爱的大家庭里，我是其中的孝子之一

我想让路过的一批又一批参观、旅游的人们
都知道，昨晚在村里
转过一条街，我一个人顺着霓虹夜色
和月亮一起，和星星一起
在一片稻田之上隐匿或者闪烁
像另一粒来路不明的灯光

我还想说，强村富民就是
这书屋、诊所、浴池、超市、街灯
这广场、乡居民宿、稻浪汹涌的率土之滨
都是每一个石庙子人直截了当喊来的
一个又一个饱满的十月……

一直往风吹的方向走（组诗）

01. 秋林旧址

大风从黄土高坡上，以复仇的方式刮过
血雨腥风，留给一个小镇的是七十年前
那些生生不息的精神传承——
第二战区司令长官部秋林旧址

黄天，厚土，吹过时间的风，也吹着
世界的一隅，风吹一个叫秋林的小镇
也吹铁马冰河的梦，却吹不走
轰轰烈烈的记忆和那些赫赫有声的名字

当初的每一个窑洞，每一条甬道，每一样生活用具
都成了无言的标识，诉说着曾经沸腾的生活
让你面对这样的标识，想象着，半个多世纪之前
那些终究要写进历史，叱咤风云的作为，从窑洞
散出的灯光，曾经照亮多少不眠的夜
路途变得清晰，遥远……

而今，面对的后人们，以怎样的心境
无限地走近，再走近……
延安——宜川——秋林——抗战
当我把这几个词写下，就是写下刀光剑影的路途
写下对历史的一次检阅，写下“秋林会议”
那一次次针锋相对的斗争，抗战与妥协、团结与分裂
进步与倒退激烈的角逐中，第二战区国共合作、共御敌戎——
面对外域的侵略，亲兄弟，就该是大难临头
携起手，抵御外辱，抗击侵略
以血性、以生命，把祖国还给祖国，把臣民还给臣民

权衡、抗争，萧瑟的天空下，枪口一致对着
侵略者罪恶的胸膛；举起的大刀，砍向魔鬼的头颅，打捞沉积的记忆——
缅怀。歌颂。警醒。
秋林，因为一场战争，注定被后人铭记
那些抹不去的地标，那些留存的精神遗址

02. 自己动手，丰衣足食

无路可走的时候，就劈开一条路
一无所有的时候，我们还有信仰
这是命运的渡口，一支革命队伍得以星火燎原的

根源
这是历史的光芒，照彻千秋万代的方向和精神传承
从荒芜开始，那就在荒芜里求得生机

——南泥湾，被国民党几十万大军包围之下
我们的军民披荆斩棘，开荒种地，风餐露宿
南泥湾敞开了她母性的胸膛，给予
她的儿女丰衣足食的馈赠

——从陕北大地上，长出的最饱满的一颗种子
将它生命的力量扩展到大江南北
即使没经历过那场火热的大生产运动
谁没有在那一曲《南泥湾》里
汇入自己澎湃的激情与梦想，甚至是向往？

大风把所有的往事吹远、吹薄
却让一首歌把一段轰轰烈烈的故事
反复地讲起，不经意地讲起，南泥湾
你这母性的好江南，养育了革命的好江南
哪怕再过多少年，都不会忘怀的南泥湾
精神的力量，必将永恒。

03. 一直往风吹的方向走

一直往风吹的方向走，就能得到光的指引
神的护佑；一直往风吹的方向走，内心的肃然疯涨

深沉的水声自远处袭来；一直往风吹的
方向走，就能走到王家坪——

一个只发布作战命令的小小指挥所
率百万军民坚持八年抗战，也粉碎了
国民党对解放区“全面进攻”的梦想
并为战胜其“重点进攻”做了充分准备
并从这里，走向西安、南京，甚至全中国……
这是预言，是胆识，更是承诺

说出一个人，就是说出火焰，说出方向
说出前无古人、后无来者的奇迹。挥去时光的浮尘
站在你一定站过的地方，你用过的笔、油灯、墨盒
吃过的小米、豆钱钱、宽大破旧的床……
哪一件留存不是你叱咤风云的历史
留给后人最有温度的注释？哪一样
不曾经寄托着一个民族的命脉？

一直往风吹的方向走，就能找到那些星星般璀璨的
　名字——
毛泽东、朱德、彭德怀、王稼祥、叶剑英的旧居
风云过处，大地寂寞，每一处旧居，都是补天的碑石
喧响着一个时代的足音，该用怎样一颗虔诚的心，
去朝拜？

军委礼堂，一切还是最初的样子啊

毛泽东、朱德的画像悬挂舞台上
标语横陈，桌椅板凳……目光扫过
时间的尘埃里，每一样留存，都泛着岁月的光芒
映照着后来者沸腾的思绪，血依旧滚烫
寻找奔涌的出口，幻想着一个个饱满的灵魂
在风吹的方向，寻找真理、信仰和不灭的灯盏

冲破时间的园囿，我们依旧可以
在这里怀念盗走火种的人，并接过火种
在黄土高坡上，舞一曲大风歌！

04. 杨家岭

在这里，一切旧的标识都蕴含着淬火的提炼。
无法想象，一个寂寞无闻的小山村
如何承载一个民族的命运，如何让那么多英雄豪杰
在这里韬光养晦，运筹帷幄于大势

一篇篇主宰中国命运的篇章
就是从这里源源不断地面世——
《纪念白求恩》、《中国革命和中国共产党》、《新民主主义论》、
《抗日根据地的政权问题》、《目前抗日统一战线中的策略问题》……
那一刻，一个小山村，就是一个国家的心脏
她的每一次跳动，都决定着一个庞大的身躯

每一根细小的神经

也曾在大风里摇曳，也曾在血雨里奋争
也曾在沦亡的生命线上挣扎，那又有什么
进攻和撤退，都是革命，都是韬略，日寇的铁蹄
终究踏不过火的锻打，白山黑水
都是抗日的烽火，每一粒火种
从这里，被大风吹送到大江南北。
这大风啊，就是革命的风
是不屈的民族精神的风

这人间正道，就是从这里
通向四面八方，哪里有荆棘
哪里就有共产党的种子，开在满目疮痍的大地上
苍山如海，残阳如血
举目如今万顷碧波的杨家岭，七十多年前
你该用怎样的襟怀养育了中国革命
驱除外辱、清除内患
杨家岭，这星星之火，永远不灭

只有星光，在风暴里顽强闪烁（组诗）

01. 星星之火

一九三四年十月十七日开始，风
在不停地刮，太阳隐匿
人间暗夜细小的缝隙里，露出光
可以让灵魂亮出意志的底牌
一部史诗的卷首缓缓打开——
惊心动魄，又舍我其谁

不是战略规划，不是高瞻远瞩
而是审时度势，博弈、破解甚至退让
足够让一双忧患的眼睛
让火种一样的思想，穿透夜的深邃
从于都，至五岭和乌蒙，穿过黑云
寻求温暖和阳光
千山万水，千军万马
只需一双草鞋一颗雄心去丈量——
“要从所有的时代，从所有的黑夜那里
从所有金色的旗帜下，从所有的宝剑下夺回你”

——我悲怆的山河、大地
——我亲爱的祖国

02. 雪山——火焰的高度

夹金山、党岭山、梦笔山
亚克夏山、昌德山、达古山、
虹桥山、鹧鸪山、巴郎山……
山山都是丰碑，伫立在历史的烟尘里
撑起民族的一片天
这满目锦绣，却回旋着悲壮的正气之歌
是超越。是脊梁
是前无古人，后无来者

众神在上，红尘落雪，走吧
哪怕只穿着薄衫、草鞋，只有一腔的热血
逆着风，与死亡结伴而行
走吧，哪怕只带着几斤炒面，几枚辣椒
4950 米的高度，红军与神同
选择了出发，哪怕把自己走成
一块坚硬的石头，走成绝版的雪花……
走成时间体内的症结

酷寒，饥饿，镶在骨子里的子弹，
不是疼，是燃烧的火，锻造了
这史诗般的奇迹。

用一颗心，焐热一座冰峰
用一双脚，踏破无限河山的疲惫
每一片雪花都可能是你最初的故乡
每一阵风都可能是你最后的归处
可是，怕什么呢，你自己就是自己的墓志铭
是一个国家的丰碑、香火，替每一个
活下来的战友送行

03. 草地——

大道宽阔，却只能选择
无路可走的地方，才能找到
真理、生机和未定的前途

一场大雨
压过另一场大雨，一棵草盖过
另一棵草，一段光阴碾过另一段
光阴，一万年的死寂
绝于暗含的步步惊心——

无涯的荒寂，无底的深渊，谁也不知道
哪一步就迈向了不归路
翅膀抵达不了的地方，一双脚能
走过去。神主宰不了的事情，红军能

越过雷电的剑锋，可能还有枪口等着

还有葱茏的草地下，生长的深渊
等着，有骨缝里逼出的
饥寒、病灶和死亡

最疼的不是自己的生死，而是
一次又一次经过草地时，四望无际
遍地英烈忠骨，他们还保持着手牵手互救
背靠背取暖，他们以忠魂目送
誓言。目送战友……

在走出草地的最后一夜，天上的星星
特别多，一颗比一颗亮
前进的军号，却再也唤不醒沉睡的战士
他们那么安静
背靠背，坐成沼泽地的莲花
等新一轮的太阳升起，不必急着赶路
手牵着手，拉出生命的地平线
让后来者前行
让他们去追赶星星

没有一滴雨，让开一条路
没有一棵草，坦露心迹
让信仰的风引导，不熄的火
替那些远去的星星，在荒寂里
释放人间烟火

从幻灭里抢夺希望，从死亡里
寻找生，当我重新走进这片草地
皲裂的黑土地，除了浩荡的风
万物都不是从前
只有精神，永存。

04. 光明之地

十月，秋风劲飒，谁举萤萤之火
点燃天庭的静寂，烽烟过处，
盛开的花朵，是诗章，更是神谕。
信仰、胆略、气概和毅力，
铸就了五百里山川大地，众声的合唱里
寻找最响亮的那一声，从村庄到城市的路
就是从黑夜到凌晨的路，是走夜路的人
独自唱出的歌

突兀在历史的峰巅，
谁还敢与之争锋？
战尘沉寂，这青石、断崖
这远去的炮声和盛开的杜鹃

井冈山——这个能让人喊出泪水的名字
信仰、期许，自灵魂而出的
以进退维谷，以千山万壑的嶙峋
以满坡的红杜鹃，建起一个王朝

祭拜汹涌记忆，当意义的大门
向一个苦难的民族打开——

那是万千的英魂为天下举起的
一段光明，什么时候想起
什么时候都亮着

05. 脉管里注满了阳光

出生只有十九天的“小龙女”——
贺捷生，开在雪山就是雪莲
开在草地，就是蒲公英
开在妈妈的怀里，就是一粒火焰

那么小的火焰，却照亮了那么大片的黑
你的母亲们，因为你
要在危机四伏的路上，为你
寻找光明的星星，要在子宫之外
为提早成熟的果实，安置庭院、童年
和丰腴的土地

想象不出，在翅膀飞不过去的雪山
在暴雨滂沱的沼泽地，在枪林弹雨的战场
你的三十位红军妈妈，你的走了二万五千里长征的
红军妈妈——
是如何呵护着一小朵火焰，当她们放下自己

挡住飞向你的每一粒冰雪，每一颗子弹
整个世界都开满了
红杜鹃——这些脉管里注满阳光的
红杜鹃啊

06．每一个都是一粒星光

天上没有星光，十三岁的士兵
就是落单的一颗
面对首长送的一把炒面，他笑着拒绝
如燃得正旺的火焰，鲜活、热烈
望着首长远去的背影，一点一点熄了
生命的火
他多么懂得，让出一把炒面，就是
让出生的希望……
而他，多想活下去

另一个担架上奄奄一息的战友
不忍活着，说放下我，你们走吧

一个都不能少，只要一息尚存
背着你，抬着你，都要一起走
一起走，火焰才会越烧越旺
路，才会越走越宽
一起走，梦里的炊烟才能触得到
天边的星光

甚至，一片一片的星光
湮灭在水泽的地域。替死去的活着
替活着的人开辟家园、疆域和又一个
银河系。

此刻，语言荒芜，道路遥远
只有星光
在风暴里顽强闪烁……

从星星的弹孔里，将流出血红的黎明（组诗）

——纪念抗战胜利七十周年

01. 这一天

这一天，罪恶的炮弹炸裂
北大营被吹到漆黑的夜空
这一天，周身充满痛感，旧疾复发的痛
这一天，七十年的耻辱、警醒、伤害汇集
让聋哑的宇宙
说出仇恨、宽厚和爱的力量
这一天，长鸣的警钟充满着战栗和泪水，愤怒的剑
劈开疯涨的野心

这一天——1931 年 9 月 18 日，星光隐匿
地狱之门洞开，生存还是死亡
失火的城池已向命运举起了白旗
刺刀、狼狗、铁蹄组成的噩梦
覆盖了亲爱的大地山河，潘多拉魔盒
被一只罪恶的手开启

02. 沦陷

1931年9月19日上午6点20分，沈阳沦陷
上午6点45分，安东沦陷
上午8点30分，抚顺沦陷
上午8点30分，辽阳沦陷
下午2点，长春沦陷
……
只一天，东北十七座城池失火
成千上万的鱼群，在岸上喘息

天啊，天一直不亮
这充满血光的江山，这烧成灰烬的草木
和无数的骨头，一寸一寸断掉

大地在倾斜，海水漫过咽喉
一个国家的命运，只是在死里求生

03. 火光

自编自导，一个巨大的迷局里藏着
祸心、深渊、谎言甚至毁灭

柳条湖的火光湮没那夜的月光
去往天堂的路，拥挤着——
孩子、老人、女人、男人……甚至官兵

家和国，都在哪里？
世界坍塌，芸芸众生，杀戮
是这些长着人类脑袋的鬼魅
最想做的事情。可怜我东北
无数同胞，最先陷入侵略的泥潭
这嚣张的炮火
煅烧着一切的退让和不抵抗
就已经家破人亡，而祖国，你在何方？

序幕已经拉开，所有的遮蔽
一览无余，无限山河
就在这一片火光里，被送入
无边的黑暗……
那么漫长的黑暗里
凄惨的叫声，绝望的泪水
痛苦的呻吟、迷茫的探寻、愤怒的吼声
混杂在风里，人类进步的诗篇
染上了顽疾，词语散落，文明
回到了荒蛮，大国之威，不过是纸上说谎

一个民族如果丧失了国家意识
只是一盘散沙，人为刀俎，我为鱼肉
大风吹来，只能是无序地
被大风肆虐，将是何等的危险？

风雨飘摇中，黑暗的家国

在一忍再忍、忍无可忍处，寻找
到了星星之火，这是黑暗中的引领
是召唤，也是神谕，苍天不灭我大中华
星星之火照亮了多少国人的心
就让每一个中国人，都成为浴火的薪柴
让这反击的火更旺吧，让这熊熊的火焰
烧毁膨胀的野心，烧毁耻辱
烧出一个民族的新涅槃。

04. 宣言

序幕已经拉开
这是怎样的一种忍耐——
丢失的武器，家园，原野，子民以及尊严
我们要一点一点讨回来

“那词语中，脉搏在撕扯骨骼在爆裂，
还有铁锹的敲击；低沉而均匀”
月亮看到了一切，月亮也在祈祷
黑土地上，遍地的大豆、高粱
养育不了饥寒交迫的百姓
壮美的大地、山河，每一寸都生长着屈辱
家国危若累卵，最先站起来的
不是隐忍和恐惧，而是愤怒和反抗。

每一颗有良知的心，都是子弹、长矛

是一九二一年燃起的星火，是一锤子
砸出的开山之路——
东北义勇军
就是这星火燎原的宣言、图腾
是这片山河上
人间炼狱之后，从黑暗里跑出的光明
是未来，是白山黑水生生不息的
守护神

穷困、颠沛、酷寒都不能动摇
打鬼子的意志
没有像样的武器、供给，没有后方的支援
每一支抗日义勇军都在死亡线上
一次一次给侵略者以痛击。

辗转，袭击，退守，日月星辰之下
故乡像一个谜，藏起多少
乡亲的笑脸和梦断的痴望
零下四十度的气温，皑皑白雪之上
却不能点火取暖，火成了敌人的眼睛
饥寒交迫的血肉之躯，不是钢铁
但意志是，望眼归家的方向
转身远走，家没了
他们去异域寻找活下来的路——

活着，就可以驱逐倭寇

找到归乡的路途

萍水相逢，就是彼此的暖
是生机，聚就是一团可以照亮未来的火
失落的家园和亲人，已经不是
一个人的疼，是整个民族的疼

这疼痛不断地蔓延
逼仄的骨缝里，被疼痛挤出的爱恨
是一个民族曾生出的倔强
灵与肉在疼痛之上
不断地呼唤、呐喊、汇集成
浩瀚的洪流，一切豺狼猛兽
都将死无葬身之地……

05. 是尘土，也是光荣

魔鬼借着人的身体，横行人间
童话的世界，沾满血污
炊烟被风刮倒，落日的居所
成为魔鬼的祭台……

所以，有王二小鞭指上帝之门
收了这些妖魔吧
所以，有狼牙山上不死的月亮升起
所以，有杨靖宇马革裹尸换得一生忠胆

所以，有八百忠魂流淌的河流
所以，有千千万万的母亲送子参军
所以——

就沿着一座山，一条河
一个破败的村庄
建立故乡，哪里有魔鬼
哪里就有旗帜、锤子与镰刀
小脚的大娘，灯下缝制鞋垫
火辣的婶子拿出箱底的珍藏
小伙扛枪，老伯推起小车上战场
孩子们放哨，姑娘送军粮——
全民皆兵，全民抗战
火与瘟疫之间
他们是这片土地的给养
是尘土，也是光荣

06．墓志铭

风吹了七十年，还没有熄灭
历史与我们不断相遇
多少颠簸、辗转，时间的节点上
那些咳血的记忆，像接天的芦苇
生生不息。怎么能忘记？怎么可以忘记

白山黑水，有多少屈辱

就有多少英雄涌出
勇武和不屈！从来就是崩裂的伤口
最解疼的药——

东北抗日义勇军
最先向魔鬼们发出“最后的吼声”
黑暗的门洞开——
歌如潮、如矛、如四万万同胞
生命内核爆发的呐喊
从死亡的泥潭站起的人
从来就不惧死亡——
守卫疆土、驱除倭寇

群英谱上，哪怕，七十年风云过后
还有那么多勇士的遗骨寻不到亲人
忠骨英魂，如一粒饱满的种子
埋在哪，哪里就会长出一棵
惊世骇俗的参天大树

为此，我们用七十年的时光记取
用未来的岁月继承
让你们英武的名字成为大地上
飘过的一缕芬芳

高山流水（组诗）

1. 百花山

一朵花对一座山的意义，除了代言
还要用全部的芬芳，占有你
那么，一百朵，一万朵呢……
这以柔克刚的力量，唯有百花山
“正如你们所知，花开是有声音的。
除此之外
晨光，唤醒视力……
爱，调整琴键的呼吸……
每一种修辞，
都有妙不可言的拐弯……
所有这些，我都深深迷恋。”

为此，搬一座草原来陪你
饮云翳、傍涧水，闻鸟鸣
举一轮日出来陪你
鸡鸣绝顶，宏阔的光芒笼罩
百花山第一眼望见的，京华春梦

朝着星光的方向飘远

我们坐下来，看着云海茫茫，峰峦颠簸
让胸膛里升起的晓日，落回到
胸膛，我是天空，是大地
我是无为的一万亩芬芳

我是海拔两千米的红桦、劲松
撇下流年的落叶，皈依回旋的风里
隐姓埋名，像老僧守着显光寺
山野中散步，红尘中行善

飞崖断壁之间，衣袂拂动苔藓
旋绕的曲径，“龙回头”“凤摆尾”
行在山腰的我，成为了一座山最新鲜的
心跳

其实，我知道，百花山每一寸肌肤
都与我无关，与我的诗句有关
都是王城的骄傲。山中万物都在为
一座王城加冕

2. 卢沟桥

时间缝补在永定河上的
一枚最大的针脚——卢沟桥

所有关于奔腾的注释
都被她缝在了历史的河底，只留一轮晓月
举着帝王的诗句，在河面上千古荡漾着

站在卢沟桥的黄昏里，如同传说中的侠女
不吟诗，不舞剑，更不赞美，我只用步履轻触
大野黄流之间的碧草卢沟，我的白马
悄然从一首旧词中飞奔而来，这对月的三影
每一个都孤绝、洪荒、宁静
内心的流水，软得如同西山云翳
不动声色地美给你看

抚遍四百八十五只时间豢养的
遗腹子——
二百八十一根望柱上的每一只石狮，都成为
遗物，见证誓言、君臣、诗句、战火
甚至死亡，都是它们腹藏的秘密和苦乐

风云变幻中，晓月隐入河流的旋涡
铁蹄和英雄打桥上走过，战火
被一句谎言点燃，一个开始了
掠夺，一个开始捍卫

卢沟桥，这枚镶嵌在历史指尖的钻戒
让硬碰硬的厮杀，归于最初的
不可征服，依旧华贵、璀璨

然后，天地之间
只剩下一座桥，压住命运的阵脚
桥上走时光，桥下行流水

3. 永定河

故道横陈，无涯的流水
在宽阔的时间流转中，过滤着
泥沙、风物、荒野、石桥、落日和晓月
三百万年如斯，从无定河流成永定河
至此安静下来——
“掬了一捧。慢慢
饮下。它的味道
像石头，叶子，火。它把寒冷
灌进我体内，惊醒了骨头。”

我听见它们
在我身体深处，窃窃私语
哦，这转瞬即逝的美妙之物
究竟是什么？
收敛恣肆的脾气，一条河
流到哪儿，哪儿就该有雷鸣、闪电
森林、桥梁和悲悯

一条河流，把未知而凌乱的路途

流淌成已知的风景，将时间
走成古老的北京城不可或缺的惊喜、命脉
走成福祉

从出发的那一刻起，一条河流
就必须要携带理想。必须像一个爱耍赖的
孩子，偶尔发一发脾气，这尖叫着的
奔跑，是初出江湖寻梦的力量
更多的时候，淑女一般
以母性的光芒去抚慰她胸口的每一次心跳
那些蜂拥的天地万物
都是你随时可以回去的故乡
永定河，就从我的一首诗开始
赞美。并替一座城说出她
内心的爱和辽阔

4. 给我想要的此生

给我万亩秋风，给我飞奔的峡谷
山茶小镇、京西古道、临风的茂林

给我宽阔的街区，给我水润的河流
绿地和城市风光带

给我民声，给我水晶般的网络旋涡
给我旷野、沧桑和预言

我所有的歌唱，在喉咙里汹涌
释放，我的歌唱高过永定河

给我古刹、奇石、妙峰峻岭，给我珍珠湖
京西十八潭，给我十里清溪、永定楼上
新鲜的日出，给我一切
美的。让她们在这里开始美的流散旅程——
绽放或者不朽

给我想要的此生
调动一切的努力，歌颂一座城区的
朝气、分寸，歌颂古村落遗址上
锈蚀的青砖；歌颂步行街的霓虹夜色
歌颂我的诗句无法触摸到的
生命指挥中心。仿佛我是她不期而至的
祝福，让我错把异乡
当故乡

图书在版编目（CIP）数据

等风来 / 海默著. -- 北京：作家出版社，2017. 8
（中国少数民族文学发展工程 · 出版扶持专项丛书）
ISBN 978-7-5063-9652-3

Ⅰ. ①等… Ⅱ. ①海… Ⅲ. ①诗集 - 中国 - 当代 Ⅳ. ① I227

中国版本图书馆CIP数据核字（2017）第210064号

等风来

作　　者： 海　默
责任编辑： 史佳丽　李亚梓
特约编辑： 张绍锋　郑　函
装帧设计： 孙惟静
出版发行： 作家出版社
社　　址： 北京农展馆南里10号　　**邮　　编：** 100125
电话传真： 86-10-65930756（出版发行部）
86-10-65004079（总编室）
86-10-65015116（邮购部）
E-mail:zuojia@zuojia.net.cn
http://www.haozuojia.com（作家在线）
印　　刷： 北京玺诚印务有限公司
成品尺寸： 170 × 240
字　　数： 167千
印　　张： 18.5
版　　次： 2017年12月第1版
印　　次： 2017年12月第1次印刷
ISBN 978-7-5063-9652-3
定　　价： 36.00元